日本の美徳

瀬戸内寂聴
作家
ドナルド・キーン
日本文学研究者

624
中公新書ラクレ

目次

構成／篠藤ゆり
写真／ホンゴユウジ
編集協力／BS-TBS、東京新聞
本文DTP／今井明子

日本の美徳

第一章　日本人と言葉

二十年で言葉は変わる

瀬戸内　私が『源氏物語』の現代語訳を出したのは、約二十年前です。それ以前に、与謝野晶子さんや谷崎潤一郎さん、円地文子《えんちふみこ》さんも訳していらっしゃいます。どれも、すばらしい訳です。けれども、言葉も時代とともに変化する。二十年周期ぐらいで。

時代が下ると、日本人の国語に対する知識がダメになっていき、現代語訳とはいえ、読めない人が増えてくる。一番新しい円地さんの訳は、一九七二年頃に出版されました。それでさえ、もう読者はついていけない。だから私は、とにかく、日本国民全員が読めるような、わかりやすい『源氏物語』を現代語訳したいと思った。子どもにでも読めるようなものを目指したのです。それから二十年たち、今は他の方による新しい現代語訳も出ています。それを読むと、なるほど、今の時代にはこちらのほうがわかりやすいのだなと感じます。

キーン 日本の高校での『源氏物語』の教え方は間違っていると思います。『源氏物語』を文学として読まない。文法として読むのです。ここに「こそ」「ぞ」があるから、どうだこうだ、と。なぜそんな教え方をするのか。それはおそらく、大学入試のためでしょう。入学試験に必要なのは、『源氏物語』を文学として理解することではないのですね。だから文法を覚えて、試験にパスすればそれでおしまい。二度と読むことはないでしょう。日本の高校で最も人気のない授業は古文らしいですが、もったいない話です。皮肉なことにアメリカでは四回も翻訳され、いろいろな世代の人が読んでいます。幸い日本には、寂聴さんのすばらしい現代語訳や、他の方の訳もありますが。

瀬戸内 私のところに十六歳くらいの若い子が来て、突然『源氏物語』の登場人物の名前を言ったことがあって。「えっ、なんで六条御息所《ろくじょうのみやすどころ》を知ってるの？」と聞いたら、マンガで読んだ、と。それですぐに、『源氏物語』をもとにした大和和紀《やまとわき》さんの『あさきゆめみし』というマンガを買って読んでみましたが、それがとてもいいのですよ。だから敦賀の女子短大の学長をしていた頃、いっぱい買って持っていって、「まず、これを読んでごらんなさい」と言いました。「それが面白かったら、私の現代語訳を読みなさい。私の作品を読んで面白かったら、原文を読みなさい」と。そうやって、だんだん原文に近づいていけばいいのでは、と思います。

キーン　私もそれに賛成です。現代語訳を読んでみると、翻訳作品であるにもかかわらず、なぜ外国でも『源氏物語』が愛読されているのか、理解できるはずです。登場人物の暮らしぶりや、人を愛する喜び、愛するがゆえの葛藤や苦悩の物語が、本当に面白いのです。それらは本来、文法を教えるために書かれたものではありません。内容を理解するためには、最初は現代語訳で十分です。

瀬戸内　最終的には、そりゃあ、どんな訳も原文にはかないません。でも、そこまで一気に行くのは難しいので、マンガや現代語訳を読んで、面白いと思えば、徐々に慣らしていって原文に挑戦するのでいいと思います。

キーン　そういえばあるとき、ポルトガル領のマデイラという島に行きました。北アフリカに近いところに位置する、大西洋に浮かぶとてもきれいな島で、マデイラ・ワインが有名です。その島の小さな本屋に入ったら、並べられた本の真ん中にあったのが、ポルトガル語訳の『源氏物語』でした。

瀬戸内 へえぇっ!!

キーン 日本から遠く離れたあの島にも『源氏物語』があると知って、私も本当に驚きました。誰にでもわかるものを書いたからこそ、いつの時代であれ、どこの国であれ、また、たとえ物語の中に自分たちの文化にないものが出てきても、不思議と読書の邪魔にはならないのです。

『源氏物語』を命がけで訳す

瀬戸内 振り返ると、私と『源氏物語』との出会いは、女学校に入った十三歳のときです。図書館で何気なく手に触れたのが、与謝野晶子さんの現代語訳『源氏物語』でした。読み始めたら面白くて、たちまち夢中になって……。そのうち、女学校の二、三年の頃、谷崎潤一郎さんの現代語訳が出たので、さっそく親に買ってもらいました。

作家になってのちは、「いつか自分で現代語に訳したい」と願い、七十歳から六年半を費やして、ようやくその思いを叶えました。訳している間、途中で二回くらい、もう死ぬかもしれないと思ったことがあります。頭がヘンになって、脳溢血の一歩手前まで行ったんです。私としては、やはり命がけだったのです。ですから完結させて、そりゃあ感無量でした。そして訳した後、本当に努力して、世の中に『源氏物語』を広めたんです。もう、あらゆるところに講演に行きましたよ。国内だけではなく、アメリカにも、フランスやイギリス、ドイツにも行きました。

私は、現代語訳をなしとげたことより、『源氏物語』を普及させたことに値打ちがあったような気がします。十三歳で夢中になって、いつか現代語訳を手掛けたいと夢見て、七十代半ばでやりおおせた。そう考えると、五十年くらいかけて夢を実現していることになりますね。

キーン　私が日本文学と出会ったのも、『源氏物語』の英訳本がきっかけです。一九四〇年、十八歳のときのことです。その年、ドイツ陸軍が進撃を開始し、世界は戦争の時代へと突入します。私は子どもの頃から、戦争がやってくることを、ひどく恐れていました。恐れていたことが現実のものとなると、ナチス・ドイツに関する最新のニュースが怖くて、新聞も読めなくなってしまったのです。私は反戦主義者なので、生涯の中で、最も陰鬱な年でした。自分を取り巻く世界はすべて暴力ばかりで、今思い出しても、あれほど悪い時代はありません。戦争に対する憎しみとナチに対する憎しみで、心が壊れそうなとき、思いがけず救いの手が差し伸べられた。

当時、ニューヨークの中心地のタイムズ・スクエアに、売れ残ったゾッキ本（古書店で扱われる新古本）を専門に扱う古本屋がありました。ある日、たまたまその店に立ち寄ったら、『The Tale of Genji（源氏物語）』という題の本が山積みされていたのです。

瀬戸内　それが、アーサー・ウエーリ（Arthur Waley, 1889-1966）が翻訳した『源氏物語』だったんですね。

キーン　はい。まったく知らない作品でしたので、好奇心から一冊手に取ってみました。上下二巻セットで四十九セントと、かなり安かったことも、買った理由ですが（笑）。家に帰って読み始めたら、すっかり心を奪われてしまったのです。私は『源氏物語』の世界と、自分がいる世界を比べました。物語の中では、対立が暴力に及ぶことはなかったし、そこには戦争もなかった。しかも主人公の光源氏は、ヨーロッパの叙事詩の主人公たちと違って、腕力が強いわけでもなければ、敵の兵士をなぎ倒す戦士でもありません。

私はそれまで日本のことを、脅威的な軍事国家とばかり思っていました。広重の浮世絵に魅せられたことはありましたが、日本は私にとって美の国ではなく、中国への侵略者だったのです。大学でようやく親友と呼べる友ができたのですが、彼は中国人でした。一緒にニューヨークの万国博覧会に行ったとき、彼は日本のパビリオンに入ることだけは断固拒否しました。激しい反日派だったのです。

瀬戸内　日本は中国大陸を侵略し、満洲国という傀儡《かいらい》国家を作りましたからね。

キーン　友のことを思うと、日本文学に耽溺することを心苦しくも思いましたが、『源氏物語』を楽しむことをやめるわけにはいかなかった。「楽しむ」という言い方は、正確ではありませんね。私は、自分を取り巻く世界の嫌なものすべてから逃れるために、『源氏物語』のページを開かずにはいられなかったのです。そこには、とても美しい世界が繰り広げられていた。読むうちに、人間は何のために生きるのかという根源的な問題の答えを一つ見つけました。美のためです。結局、そのことが、私を日本文学、そして日本という国へと導いてくれたのです。

瀬戸内 あの長い物語の中で、刃物が出てくるのは一ヵ所だけです。頭中将《とうのちゅうじょう》と光源氏が、当時ではおばあさんと言ってもいい五十七、八歳の源典侍《げんのないしのすけ》を奪い合い、争うところです。刀を抜いたといっても、冗談であって、お互いに傷つけようなどとは思っていない。その場面だけですよ、刀が抜かれるのは。現実の世界では暴力があったかもしれないけれど、あの物語には暴力は描かれていません。

キーン 読んで一番残るのは「美」です。一例にすぎませんが、手紙をおくるときはまず紙に気を使い、墨の濃淡を考える。そして歌を作り、美しい書体で書く。書き終えた手紙は、どう折るかということにまで心を配り、季節の花を添えます。つまり女性も男性も、いかに美意識があるかに、人としての価値を見出していたわけです。戦争中に出会ったから、なおさら私の心をつかんだのでしょう。私はこれこそ、人間のあるべき生活だと感じました。

女性を尊重する色事師

瀬戸内　光源氏はドン・ファンで、いかに女をたぶらかすか、どの女とどうやって別れるかとか、そんなことばっかり。（笑）

キーン　しかし、西洋の古典に描かれた色事師とは決定的に違います。ドン・ファンは、いったん女性をものにすると、後はまったく興味を失ってしまう。女性に対して愛情のかけらもなく、冷酷です。そこへいくと光源氏は東西の古典に登場するプレイボーイの中でも、特異な存在と言えるでしょう。たとえば、末摘花《すえつむはな》という女性がいます。光源氏は彼女の書いたものや袖の色などから、きっとすばらしい女性だろうと思っていたのですが、顔を見たら鼻の先が真っ赤だった。だからといって、彼女を捨てたりはしません。新しい宮殿ができたときに、彼女のために部屋を作ります。また、つきあったことのある女性が、当時の感覚ではおばあさんといえる年齢になっても、茶飲み友達みたいな感じで訪れて会話を楽しんでいる。女性をモノ扱いしないのです。

瀬戸内　私は、あの物語の登場人物で一番かわいそうなのは、紫の上だと思います。だって十歳で連れ去られてきて、光源氏しか見てはいけないという育てられ方をして……ロリータ趣味もいいところでしょう。今だったら、犯罪ですね。紫式部が小説家としてすぐれているのは、紫の上に子どもを産ませなかったところです。子どもを産んだら、光源氏とかかわりのある他の女性と同じになる。子どもを産ませないから、よけい悲劇的になるんですよね。光源氏の子どもを産んだ明石《あかし》の上に嫉妬するでしょう。当たり前ですよ。でも、紫の上はその子を引き取ります。それは源氏が考えたことだろうけれど、紫の上が承知しないとできないこと。紫の上は、「私は子どもが好きだから」と、引き受ける。あれは、明石の上に対する復讐だと思います。

もちろん、紫の上はお乳が出ない。出ないおっぱいを、子どもの口に含ませますね。ああいうエロティックな場面は、なかなか書けませんよ。紫式部は、本当に小説を書くのがうまいですね。しかも、人間の心理を隅々までこと細かく書いてくれるから、筋が面白いだけの小説とは違うんです。

キーン　そして、人間にとって普遍的なことが書かれています。だから、千年後の人が読んでも、心を動かされるのです。

瀬戸内　都を追われた源氏が、須磨《すま》に流されるところがありますね。すべてを失い、それから生活を立て直してまた都で認めてもらおうと思った矢先に、大嵐に遭う。そこは、東日本大震災とも重なるところがあると思いました。『源氏物語』では、人間が逆らうことのできない天災があって、家もだめになり、これからどうしようと思っているときに、迎えの舟が来る。地方官である明石入道が迎えに来たのです。それで光源氏は助かり、明石で暮らし、その後、都に戻って復権します。千年前から天災はありました。「野分《のわき》」の巻にも、嵐が来て庭が荒れた場面が描かれていますね。そういうふうに、現代につながる読み方もできます。

女性が綴る言葉の面白さ

キーン　『源氏物語』がなぜ、今も人の心に訴えるのか。それを考えるうえで大事なことは、女性が書いたということです。この一点は、とても大きい。もし同時代の男性、平安朝の貴族の男性が書いたら、誰が出世したとか、失脚したとか、そういう話ばかりになって、面白くなかったでしょう。

一方、当時の貴族の女性は、ほとんど部屋の中にいて、ひたすら男性の訪れを待っていた。労働をするわけでもないし、しかも教養がありました。紫式部は漢文にも長《た》けていて、中国文学も知っていた。そうした背景のもとに、あの豊かな物語が書かれたのです。そして重要なのは、紫式部が、人間の感情という千年たっても変わらないものを描いたことです。

瀬戸内　『源氏物語』は、言ってみれば不倫の話ばかりです。一人しか好きになってはいけないと言われても、二人を同時に好きになったりすることもあるじゃないですか（笑）。そういう人の気持ちというのは、どうしようもない。

最近は、やれ不倫がいけないと、週刊誌もテレビも叩くでしょう。不倫がダメなら、日本の古典文学はもちろん、世界の文学的名作はなくなります。なぜあんなにみなさん、不倫をした人を糾弾しているのか。自分がしていない人は、なんか悔しいんでしょうかね（笑）。でも、本当に糾弾すべきは、そんなことではないはずです。先生は、戦争を、この世で最も憎むべきことだと思っていらっしゃる。それは私も、まったく同じです。だから、そういう世の中になりそうな空気があれば、それこそ全身全霊で糾弾すべきなのに。

キーン　私もまさに、そう思います。

瀬戸内　それにしても、平安時代の女性の書いたものは面白いですね。「藤原道綱の母」が書いたとされている『蜻蛉日記《かげろう》』なんて、本当にすばらしい。彼女は、家柄がよくて、教養も高く、そのうえ当時の三大美女の一人と言われたほど美しい人。そんな人が、夫の訪れを待ち暮らしたときの狂おしいほどの愛や苦悩を、これでもかと書き綴っている。『蜻蛉日記』は、紫式部も清少納言も読んでいますし、自分たちが書くものに影響も受けています。

キーン　一番忘れられないのは、夫である藤原兼家《かねいえ》と別の女性の間に子どもができ、その子が死ぬと、彼女が喜ぶ場面です。

瀬戸内　そうそう。ひどいですね（笑）。あれには、びっくりします。「よく死んでくれた」みたいなことが書いてある。それから、当時は通い婚でしたから、女は家で待つしかない。ようやく夫が来てくれたと思ったら、車はすっと家の前を通り過ぎてしまう。スパイに跡をつけさせたら、夫は自分より身分の低い、小さな家に住む町の女に夢中になっている。そこで彼女は「腹が立つ、あんな女、死んでしまえ」とかね。あそこまで正直に書くのはすごい。しかも、そこに文学があります。それがすばらしい。

キーン 自分の醜いところまでさらけ出して書いています。女性でなければ、あれだけ正直には書けません。男性には不可能でしょう。男性には、とてもそんな勇気はありません。

瀬戸内 紫式部の日記も、面白いですね。『枕草子』を書いた清少納言と紫式部を並べてみると、比べものにならないくらい、紫式部の才能が突出しています。ところがそんな紫式部が、日記の中で、清少納言の悪口をうんと書いています。わざわざ名前をあげて、「知ったかぶりをする」「でしゃばり」とか、「ああいう人は行く末とても惨めになるだろう」なんてことまで書いている。なぜ紫式部ほどの才女がそこまで書くかというと、おそらく嫉妬しているのね。文献から推測する限り、二人とも美人ではなかったようですが、清少納言はとてもモテたらしいので。

キーン　時代が変われども、愛や憎しみ、嫉妬など、あらゆる感情は昔も今も変わりません。

瀬戸内　でも、先生にちょっとだけ反論があります。女性が書く日記のすべてが、正直というわけではないですよ。私は近代の女性の伝記をたくさん書いているので、日記もずいぶん読みましたが、みんなつまらないことで嘘をついています。自分の年齢を、一つか二つ、若く書いてみたり。

キーン　それも女心なのでしょうか。

瀬戸内　そういうことも含めて、女性が書く日記は本当に面白い。

『源氏物語』のための目白台アパート

キーン　先ほど円地さんのお話が出ましたが、円地さんの『源氏物語』の現代語訳もすばらしいですね。

瀬戸内　彼女は『源氏物語』のためだけに、わざわざ目白台アパートに部屋を借りられたんです。私は先にそこに住んでいましたが、あんな偉い人が一緒のところというのも、ちょっと気づまりだな、と（笑）。私のところには、男も通ってきていましたし、困ったなぁと思ってました。それで「先生、どうしてここを選ばれたんですか？」と聞いたら、「あなたがいるからよ」とおっしゃる。びっくりして「えぇ～っ！」と言いました。私がいたら、いろいろ世話してもらえると思ったみたいです。（笑）

　実際、いろいろお世話しましたよ。電話がかかってきて、「そろそろお茶にしない？」とおっしゃる。それは「お茶を持ってこい」ということなんですね。ご自分は台所にも立ったことがない方だから、お茶の沸かし方も知らないんですよ。そこで私がお茶を淹《い》れて、持っていくんです。お茶菓子も添えてね。しかも、それは私のお金で買って（笑）。お茶を持ってうかがうと、円地さんはものすごい勢いで仕事をしている。白い顔が、上気してピンクになり、髪の毛が逆立っているんです。そして、「源氏がね」とか「六条御息所はね」と、書いているときの興奮を全部話してくださる。だから私としては、マンツーマンですごい講義を聞いているみたいで、お茶を淹れるなんてなんでもなかったの。

キーン　面白いお話です！

瀬戸内　私は、書くことの産みの苦しみを、目の前でつくづく見ました。円地さんは、途中で病気をなさって入院するし、根を詰め過ぎて目もほとんど見えなくなってしまいました。それを間近に見ていたので、うっかり『源氏物語』に手を出したら命取りになると思いました。でも、私も諦められなかったですけどね。

そういえば、円地さんと川端康成さんに関して、こんな出来事がありました。あるとき、京都にいらした川端さんが、ホテルの自分のお部屋まで迎えに来るように、と言うんです。ですから初めて、川端さんのホテルの部屋までうかがいました。もちろん、何も起こりませんでした（笑）。向こうは当時すでに、おじいさんでしたからね。それでドアを開けてハッと見たら、窓際に机があり、その机の上に『源氏物語』の古い注釈書がたくさんあるんですよ。じつは私も、密かに訳していたので、見たらパッとわかるんです。「あら、『源氏』の古注がある」って。しかも、その横に原稿用紙が置いてあり、川端さんの字が見える。あらあら〜と思って、「先生、『源氏』の訳をなさるんですか？」と直接うかがったの。そうしたら、「えぇ、まぁ。出版社が『訳してくれ』というから、私もやってみようかなと思って始めています」とおっしゃった。

私が東京へ帰ると、円地さんが「ちょっとあなた、川端さんが『源氏』の訳を始めたという話、聞いたことある？」と詰め寄られた。私は見ているけれど、そんなこと言ったら大変だから「存じません」と答えたら、「あら、そう」。そして、こう言ったのです。「あんな、ノーベル賞とって甘やかされている人に、『源氏』の訳なんかできません。『源氏』は命がけにならないとできない。もし川端さんが『源氏』の訳を完成させたら、私は素っ裸になって銀座を逆立ちして歩きます」とおっしゃった（笑）。その頃、七十歳近いんですから、誰もその素っ裸を見たくはないでしょうけどね。でも私は、円地さんの、ご自分の『源氏』に対する大変な情熱と自信に心打たれました、

キーン　『源氏物語』というのは、そのくらい作家の心をもつかむのでしょう。谷崎潤一郎さんは、『源氏物語』を三回、書き直しています。三回目の現代語訳のときに集まりがありまして、私も出席しました。みなさん、立ち上がって「すばらしい」とほめた

たえましたが、たった一人、異論を唱えた人がいました。それは、私でした。「その時間で、新しい谷崎文学の作品を書いてくれたら、どんなにかよかったでしょう」と言ったのです。するとみなさん、白けたような、冷たい表情をしていました。(笑)

日記が文学になった日本

瀬戸内　ところで先生は、ご自身では日記をつけていらっしゃるんですか？

キーン　九歳のとき、父にヨーロッパに連れていってもらいましたが、その間は見たものをすべて書きました。

瀬戸内　今は？

キーン　あのときだけです。もう、今からでは遅いですね。(笑)

瀬戸内　私も書いていません。忙しくて、書くヒマもない。書こうとすると、ついつい丁寧に書いてしまうものですから、結局、続かないんです。これが本当の、〝三日坊主〟だわね（笑）。それに自分のことは、恥さらしなことも、これまであちこちにさんざん書き散らしていますからね。
もちろん、書いていないこともあります。人に知られたくないこともある。やっぱり人間、全部さらけ出すことは絶対にできません。日本では私小説という、貧乏したとか、病気をしたとか、それこそ不倫をしたとか、つらいことをたくさん書いた小説がもてはやされた時代もありましたが、小説にする以上、どこかで自分をかばっていますよ。本当に悪いことは書けない。作家の場合、日記も同様です。いつか活字になって誰かに読まれることを、どこかで意識しているはずです。ですから作家の日記に心の真実をすべて読み取ることは難しいけれど、それでも日記文学には惹かれますね。

キーン　はい。日記を読むことは、本当に面白い。どの国にも日記はあります。しかし日本だけは、文学が始まる頃から、日記が文学になっていました。その始まりは、平安時代に紀貫之《きのつらゆき》が書いた『土佐日記』です。『土佐日記』は、部分的にフィクションでしょう。しかし彼が何を書きたかったかというと、土佐にいる間に、自分の娘が死んだのです。それが忘れられない。やっとのことで京都に帰ったときに、他の人たちは家族と再び暮らせることを喜ぶけれど、彼にはそれができない。その思いが書かれているからこそ、日記は文学になったのだと思います。

日本兵の日記に涙した日

瀬戸内　確か、キーン先生が日記文学を研究なさるようになった原点は、戦争中の体験にあったのですよね。

キーン　はい、そうです。第二次世界大戦が始まり、私もいずれ、軍隊に入らなくてはいけない運命だと悟りました。

しかし、自分が飛行機から爆弾を落としたり、銃剣を持って突撃する姿は、想像もできません。そうするうちに、海軍に日本語学校があり、翻訳者と通訳を養成していることを知り、そこを志願しようと思ったのです。

日本語学校を卒業した後、ハワイでは押収した文書の翻訳をさせられました。ある日、押収された木箱から、日本兵が書いた日記が見つかった。ちなみにアメリカ軍では、「どんなことがあっても日記をつけてはいけない」と、禁止されていました。

しかし、日本軍の兵士の日記には、当人が日々本当に感じたことが書かれていました。日本にいるときは、「軍議旺盛なり」などと勇ましいことを書いている。ところが、船が南方に向かい、しばらくしてから隣の船がアメリカの潜水艦にやられ、初めて恐怖を感じるんです。すると日記の調子も変わってきます。南太平洋の島に到着すると、食べ物もないし、水もほとんどありません。そのうえみんな次々とマラリアにかかり、毎日のようにアメリカの空爆がある。極限状態に置かれた人の心情が書かれていたり、お正月に豆が十三粒あり、三人でどう分けたらいいのか、といったことも書いてありました。

私は、初めて日本人の心に接したと思いました。そして、涙を禁じ得なかった。

日記には、戦争そのものに疲れ果てた人の告白もあったし、敵であろうとも人は殺せないと書いた兵士もいた。あらゆる告白がありましたが、ある意味でどんな文学より私の心に深く訴えかけるものがありました。

後に私が日本の日記文学を研究することになった原点は、ここにあります。結局、私は六十歳を過ぎてから何年かかけて、『百代《はくたい》の過客《かかく》　日記にみる日本人』で、平安時代から明治時代までの日本人の日記について書くこととなりました。

七十年間、戦死のない国

瀬戸内　私も小説を書くためにたくさんの日記を読みました。そのなかで一番衝撃を受けたのは、明治時代の新聞記者で婦人運動家でもあった管野須賀子《かんのすがこ》が、一九一一年に大逆事件で死刑に処せられる一週間ほど前に書いたものです。管野須賀子の日記をもとに、伝記小説の『遠い声』を書きましたが、死刑直前にあれだけのものを書けたというのは、やはり大変な人だと思います。

大逆事件は、社会主義者の幸徳秋水が明治天皇暗殺を企てたと明治政府がねつ造し、幸徳秋水や全国の社会主義者、アナーキストを逮捕し、死刑判決を下した事件です。当時は、国家による思想の弾圧や言論統制が行われていた時代です。そのなかで、政府のでっちあげによって、政府にとって都合の悪い人間が「大逆罪」の名のもとに十二名も殺されました。管野須賀子は、十二名中唯一の女性です。彼女の日記を読んだことで、私の思想も変わりました。

ところが、私が「管野須賀子を書きたいです」と言っても、どこの雑誌も書かせてくれませんでした。私はそのとき、もう、いちおう売れている作家でしたが（笑）、いつも小説を書いてくださいと言っている編集者が、「管野須賀子、あ、そうですか」と、知らん顔しましたよ。

キーン　寂聴さんも私と同い歳ですから、当然、戦争を経験していますね。

瀬戸内　はい。徳島の県立高女を卒業し、東京女子大の寮にいる頃、真珠湾攻撃がありました。私は物心ついて以来、世の中は非常時と言われ続け、非常時が当たり前、という中で育ってきました。いざとなったら神風が吹き、絶対に負けないと教え込まれていました。戦争の恐ろしさというものに対して、本当に無知でした。

昭和十八年の秋に、私は結婚して北京へと向かいました。研究者だった夫は、三十一歳にもなって北京で応召されましたが、なんとか無事に戻ってきました。でも、着の身着のままで日本に戻ったら、故郷の徳島の町は丸焼けになっていました。母は、防空壕で焼け死んだんです。祖父をかばうように覆いかぶさり、黒焦げになっていたそうです。二人の男の子を残して出征した義兄は、シベリアに抑留されていました。本当に、つらい時代でした。

キーン　終戦の年の十二月、私は丸一週間、日本にいました。ひじょうに長く、すべてを破壊するような恐ろしい戦争でしたから、日本人はアメリカ人の私に対し、きっといくらか敵愾心を持っているだろうと思っていました。

でも、実際にはそれらしいものを感じたことはなく、むしろ日本人は私にとても親切でした。たとえば、ぜんぜん知らない人が、「お茶をいかがですか」と家の中に招き入れてくれ、お茶菓子の代わりに一切れのさつまいもをふるまってくれたことさえありました。本当に感激しました。

滞在中に床屋に行きましたが、あとでよく考えると、私の髪を切り、髭を剃ってくれた若い女性は、その気になれば簡単に私のノドをかき切ることができたのです。けれど、そんなことはなかったし、私も怖さを感じませんでした。

もちろん、東京の街のいたるところで家は崩れ落ち、人々はバラックとかひどいところに住んで、服装も汚れていました。戦争は確かにあって、日本は敗戦国になったのです。私は敵側の人間でした。不幸にも、下された命令のもとに戦争をしたけれど、それは終わった……日本人の外国人に対する親切さえも、以前の状態に戻ったのです。私は、そう感じました。

瀬戸内　先生が、そうやって日本人——かつての日本人と言ったほうが正確ですね——をほめてくださるのはうれしいですが、やはり戦争ほど、嫌なものはない。もう二度と、あんな時代に逆戻りしてほしくないと思います。

キーン　はい。私はもともと戦争に反対していましたが、日本兵の日記を読んだとき、いよいよその思いが強くなりました。そして九十六歳の今も、その気持ちに変わりはありません。むしろ、戦争は絶対にあってはならないことだという気持ちが、どんどん強くなっているように思います。

第二章 〝和顔施〟で生きる

最高の時間

瀬戸内　私たち、同い歳で、もう九十六歳ですよ。私はさすがに、元気とは言えない。ヨボヨボ。（笑）

キーン　私は今が、人生で一番いい時期です。

私は小さい頃から、あまり友達がおりませんでしたし、同じ年代の他の子どもが楽しむような遊びもほとんどしませんでした。ずっと、孤独だったのです。飛び級をして十六歳で大学に入りましたが、同級生より二歳も若いこともあり、なかなかみんなに馴染めませんでした。

そのうちいい友もでき、大学で語学や文学の勉強をし、自分でものを書くようになりました。この歳になると、さすがにもうたくさんは書けないでしょうけれど、まだまだ書けますし、元気です。

また、人生の大きな出来事として、二〇一二年、九十歳のときに養子を迎え、家族ができました。とてもすばらしい息子で、今まで経験したことのないような楽しい生活です。

瀬戸内　私は、秘書の瀬尾まなほとは六十六歳の差があります。ここまで歳が違うと、話がとんちんかんで、そこがすごく面白い。彼女と一緒にいると、毎日楽しくて、笑ってばかりいますよ。

キーン　私のところは二十八歳、違います。

瀬戸内　息子さんの誠己《せいき》さんは、フランス語を勉強した後、文楽の三味線の世界に飛び込んだ方でしょう。確か浄瑠璃がご縁で出会われたんでしたよね。

キーン　はい。彼が文楽の三味線奏者から古浄瑠璃の道へと進み始めた頃、私に教えを乞いたいということで、講演会に来てくれたのです。控室で出番を待っていたとき、ドアがノックされ、和服姿の男性が入ってきました。とても丁寧な話し方をするのが印象的でした。それが初めての出会いです。二〇〇六年のことです。

瀬戸内　誠己さんとキーン先生とはまさに親子くらいの年の差ですが、世代の差はそれほど感じないのではないですか？

キーン　おっしゃる通りです。考えてみると、八十四歳のときに新しい友人ができたことになります。でも、話題は尽きません。

瀬戸内　それは先生の精神がお若いからですよ。それに、歳は関係ないんです。相性がよく、人となりが好きであれば、どれだけ歳が違っても一緒にいられます。ただ、人間は、結局は孤独です。最後は一人です。キーン先生は考えが違うかもしれませんが、私はそう思っています。

キーン　昨夜《ゆうべ》、こういうことがありました。息子は大事な手紙を書かなくてはいけませんでした。一方、私は音楽を聴きたくなった。ソプラノ歌手のジェシー・ノーマンが歌うベルリオーズの歌曲集『夏の夜』で、私が特別に好きなものです。ＣＤをかけて、なんてすばらしい歌声なんだろうと思いながら聴いていたら、彼も大事な用事を忘れて、結局、最後まで聴いていました。そんな何気ない時間が、ひじょうに幸せです。私は若い頃からクラシック音楽が好きでした。たまたまたくさんのＣＤの中から一枚を選んで聴き始め、息子は自分の部屋で、聞こえてくる音楽につい心を奪われて大事なことを忘れてしまった。そういうひとときを共有できる人がいるのは、幸福なことです。

瀬戸内 それは何よりの幸せね。血のつながった親子や身内というのは、ときとして、うっとうしい面もあるものです。血がつながっていない家族というのは、老いた身にはかえって理想的かもしれませんね。

キーン そう思います。

看取ってくれる人

瀬戸内 私の場合、秘書の瀬尾とは仲はいいですが、やはり他人ですから。いずれ彼女も結婚するかもしれません。まぁ、それまで私が生きているかどうかはわかりませんけど。彼女は、私が死ぬまでずっとそばにいると言ってくれています。でも私は、「自分の人生なんだから、私のことなんか気にしないで」と言っているんです。それにしても先生、お幸せね。本当にいい息子さんですもの。先生は亡くなるとき、なんの心配もないですよ。息子さんが看取ってくださり、その後のことも全部やってくださる。

キーン　はい、私は本当に幸せだと思います。学者で駐日大使も務められたライシャワーさんは、日本に生まれ、日本とアメリカ、二つの国を愛していました。彼の遺骨の灰は、太平洋にまかれました。私も以前は、それがいいかもしれないと考えていました。

瀬戸内　じゃあ、お墓はいらない？

キーン　そう思っていたのですが、九十歳を前に考えが変わり、東京のとあるお寺にお墓を建てたのです。日本国籍も取得しましたし、これで文字通り〝日本に骨を埋める〟ことができます。

瀬戸内　私は自分のお墓を、私が住職を務めている岩手県の天台寺に用意してあります。それにしても息子さんは、先生の思想も芸術も、すべて理解している。しかも先生をとても尊敬して、心配していて、やさしい目で見守っていらっしゃる。よく、そんな立派な方と出会えましたね。

キーン　本当に不思議な運命ですし、ありがたいことだと思っています。長い間、私はずっと一人で生活してきました。ところが八十代になって新たな友人ができ、思いがけないことに、やがてその人が息子となりました。今は人と暮らす楽しみもありますし、英語をはじめ、いろいろなことを教えるのも楽しい。

瀬戸内　先生が、今が一番いい時期だとおっしゃる意味が、とてもよくわかります。

世代にこだわらない人間関係

キーン　人の縁というのは、不思議なものですね。日本文学と出会ったのも縁だし、息子と出会ったのも縁です。初めて会った頃は、彼は英語が話せませんでしたが、今は家での日常会話はすべて英語です。

瀬戸内　先生が、英語を教えてさしあげたのね。私は逆に若い秘書から、ヘンな若者言葉を教えてもらっています。ずいぶん覚えましたよ。

たとえば彼女は私のこと、「自爆キャラ」と言います。「自爆キャラって、それ何?·」と聞いたら、「自分でなんでもかんでも引き受けて、いっぱいいっぱいになってダメになる。そういうのが自爆キャラですよ」なんて言う。若い子はうまいこと言うなぁ、と思って。若い人の考えや発明した言葉は、ばかにできない。なるほど、と思うこともたくさんあります。

人によっては、彼女が私になれなれしいとか、ため口を利くなどと批判する人もいるようです。でも私は、「そんなこと、気にしないでいいわよ」と言っています。だって私自身が、毎日一緒にいて楽しいんですから、それが一番じゃないですか。ほんと、余計なお世話ですよ。瀬尾が本を書いて売れたら、今度は「コバンザメ」とか、バッシングがひどくなりました。人は、幸運でうまくいっている人に対しては、悪口を言いたくなるのね。そういうものに倒されたら、前に進めなくなります。

まぁ、彼女とは、まとまった話はほとんどしない。短い言葉で、いわゆる女子トークをしています。今はもう、世代が違うという意識もなくなりました。私がそう言うと、彼女は「世代、ぜんぜん違いますからッ！」と反論するんですけれど（笑）。言葉というのは、二十年で変わりますね。日本語も二十年で変わります。だから彼女とは、言葉も三巡りくらい違う。その違いを、私は面白がっているんです。

キーン　伊勢神宮の遷宮と同じように、言葉も世の中も、二十年で新しく変わるんですね。

瀬戸内　あぁ、なるほど。それは面白い！

キーン　二十年で、ちょうど世代が変わるし、時代も変わる。明治時代もそうでした。福沢諭吉が「脱亜論」を唱えたのが、明治十八年。世の中、なんでもヨーロッパ風がいいとされました。ところがその反動もあり、次は「日本主義」が声高に言われるようになる。

瀬戸内　言葉が変わるように、世の中も変わる。それが、人の世というものでしょう。だから、「いまどきの若い人は」なんて言っても、意味がないのです。

長寿の秘密

キーン　寂聴さんと初めて会ったのは、確か福井県の武生《たけふ》でした。武生は『源氏物語』

にゆかりがある地です。紫式部の父親である藤原為時《ためとき》が越前守《えちぜんのかみ》に任じられ、十七歳だった紫式部は父とともに越前の国に下り、武生で暮らした。そんなことから武生で『源氏物語』についての会があり、そこでお会いし、すぐ友達になりましたね。話していて、すごく楽しかった。

あのとき、誰かが私に「『源氏物語』に登場する女性で誰が一番好きですか?」と質問し、私は「六条御息所」と答えました。六条御息所は嫉妬のあまり生霊《いきりょう》となり、源氏がつきあっている女性に取り憑いて苦しめる女性ですから、他の人たちはみなさん驚いた。あんな悪い人を、なぜ好きなのか、と。しかし、一人だけ私に賛成する人がいました。それが、寂聴さんでした。(笑)

瀬戸内 だって六条御息所がいなかったら、『源氏物語』の面白さが半減しますもの。

キーン そうです、そうです。

瀬戸内 あの人がいるから面白い。ある意味、近代的な女性ですよ。

キーン 寂聴さんとはその後、何度も会って、何回も話をしました。不思議なことに生まれた年も同じだし、ほんのひと月違いでこの世に誕生した。

瀬戸内　私が一ヵ月だけお姉さん。

キーン　はい。そして、同じように今も生きて、今も書いています。

瀬戸内　先生は私の恩人でもあるんですよ。『夏の終り』で女流文学賞を受賞してから長い間、私は賞とは無縁でした。それが七十歳のときに『花に問え』で谷崎賞をいただいた。聞くところによると、選考のとき、先生がとても熱心に推してくださったとか。

キーン　私もときどき、いいことをします。（笑）

瀬戸内　お会いすると、よくお友達の話をしてくださいましたね。昔のお友達のことを、まぁ、よく覚えているし、懐かしく思っていらっしゃる。普通の方より、愛情が深いんでしょうね。でも、好き嫌いがはっきりしていて、嫌いな人は嫌い。

キーン　よくご存じですね（笑）。日本での親しい友人は、みんな私より年下でした。ところがみんな、私より早く亡くなってしまいました。一番、不思議な亡くなり方をしたのは三島由紀夫さんでしたが。

どうして私はこんなに長寿で、しかも元気なのか。みなさんから聞かれるのですが、自分でも理由がわからないのです。私は子どもの頃から運動が苦手で、まったくしません。食事制限もしたことがありません。食べたいものを、なんでも食べます。健康のためにこれはしたほうがいい、ということは、一切していません。自分の血圧の数値も知りません。だから、どうしてこんなに長く生きているのか、自分でもさっぱりわかりません。

瀬戸内　私もさっぱりわかりません。まぁ、エネルギーの源は、食べることかしら（笑）。肉を食べる。そして、お酒を飲むことね。

キーン　同じです！

瀬戸内　キーン先生も、お肉がお好きなの？

キーン　はい。一番好きな食べ物がステーキで、次がお刺身、うどん、とんかつ、うなぎです。ステーキは自分で焼きます。もちろん、ワインも一緒にいただきます。

瀬戸内　最近は、なんでもおいしく感じられて、食欲が湧いて仕方ないの。だからちょっと太ってきたみたいで、困っちゃう。（笑）

キーン　私は食事の後は、お皿を自分で下げて自分で洗いますよ。お皿を拭くのもいい気分転換になりますから。

瀬戸内　あら、私も！　料理もできるんだけど、秘書は、私にはできないと思っています。でも、自分の食べたものは自分で洗う。洗うのが好きです。だって、楽しいじゃない。あっという間にきれいになるのが、なんだか、すがすがしい。

キーン　料理も、週に一度は私が作るようにしています。ステーキを焼いたり、エビのリゾットを作ったり。その程度の料理ですが。

人をほめると福が来る

瀬戸内　この歳になっても、本当に毎日忙しい。書く仕事が一段落して、少し時間があるときは、本を読んでいます。病気で入院しているときや体調があまりよくないときは、横になっているしかないでしょう。ところが寝ながら読むと腕が痛くなるので、重たい本が読めない。軽いからと思って、週刊誌もけっこう読みました。「つまらない、つまらない」と文句を言いながら何誌も。おかげで芸能界のできごとも、いろいろ知ってい

ますよ。（笑）

キーン　私も毎日、けっこう忙しいですよ。朝はだいたい八時に起きて、午前中は調べものをしたり、原稿を書きます。そして午後、近所の商店街に、息子と一緒に買い物に行きます。買い物籠をさげて。帰ってきてまた少し仕事をして、夜は音楽を聴くか、お芝居を観ます。今日も、家を出る前に原稿を書いていました。ちょうど自分の探していた言葉が降りてきたから、書かずにはいられない。出かける時間も忘れてしまいます（笑）。おかげで、少し遅刻してしまいました。すみません。

瀬戸内　私も東京に来るために、京都で根を詰めて原稿を書きました。

キーン　書くのは楽しいですから、まったく苦痛にはなりません。

瀬戸内　それにしても、先生はお若い！　さっきからこんなに近くで拝見しているけれど、美しいのね。九十を過ぎたらシミも増えますし、年寄りというのは、普通、汚いものでしょう。でも先生は、とっても美しい。どうしてかしら。手入れがいいのかしら。何か特別なクリームでもつけているのですか？

キーン　美しいと言われたのは、人生で初めてです（笑）。ありがとうございます。

瀬戸内　私はあまりお化粧や顔の手入れに興味がなかったけれど、瀬尾が来てくれてから、撮影のときにつけまつ毛をつけてもらったりするようになりました。普段もパックをしてくれたり、顔のマッサージをしてくれたりします。そのたびに私の鼻をさすりながら、「どうしてこの鼻は低いんでしょうね」などと言うんです。「知らないわよ。生まれつきなんだから」などと答えながら、大笑い。彼女があんまりおかしいことを言うから、つい笑ってしまうのね。笑うのは、とてもいいことだと思います。

〝和顔施〟で徳を積む

キーン　私は、ユーモアは人が生きていくうえでとても大事だと思っています。

瀬戸内　キーン先生とお話ししていると、いつもユーモアを感じます。笑顔でいることは大切ですね。仏教では〝和顔施《わがんせ》〟という言葉があります。相手に笑顔を施すことが、一つの徳になる。つまり、いつもニコニコしていることで、徳を積めるんです。楽しそうにしている人の顔を見ると、自然と周りの人も笑顔になりますからね。とはいえ、イライラしているときに「笑え」と言われても難しい。だから、普段からユーモアを理解するように自分を鍛えることが大事じゃないかしら。

キーン はい。ユーモアの感覚を大切にしようと、意識したほうがいいですね。

瀬戸内 それと、人をほめることね。うちのお堂を三十年以上守ってくれている女性は、七十代なのに、五十代にしか見えないんですよ。みんな、実際の年齢を聞くと驚きます。彼女が若々しいのは、いつも私が「今日の服いいわね」とか、「なんだか最近、きれいになったんじゃない？」などとほめているからだと思っています。すると、若返るんですよ。うちで働く人は、みんな若返るの。

キーン 寂聴さんは、さっき、私のこともほめてくださいました。ですから、少し若返ったかもしれません。（笑）

瀬戸内 それから、先生も私も、好きなことしかしないでしょう。「書きたい」という、その一心で生きている。歳をとって身体が衰えたら、何をするにも時間がかかります。ですから、好きなこと以外に目をくれるヒマがない。時間がない。もう先がないと思うから、好きなことをしないともったいない。他のことは、できません。

キーン　はい、その通りです。

瀬戸内　好きなことをしているから、人の悪口を言うヒマもない。それがいいんじゃないかしら。寂庵にはたくさんの方が身の上相談にいらっしゃるけど、みなさん申し合わせたように、夫や恋人、姑なんかの悪口を言うんです。まぁ、人に聞いてもらえるとだいぶ気持ちが収まるから、誰かに話すのは悪くないと思います。ただ、話す相手を選ばないと話が広がりますからね。みなさん、日記に書くとかして、うまく吐きだせばいいんですけど。

行きたいところ

キーン　ところで、二〇一七年には、息子と一緒に、私が若い頃を過ごしたケンブリッジにも行きました。

瀬戸内　このお年で、そんな遠くまで旅されるなんて！　その点は、私はとてもキーン先生にはかなわない。お元気なので、本当にびっくりします。私は寂庵のある京都から東京に来るだけでも、「あぁ、しんどい」と近頃思いますもの。

キーン　当初、ロンドンだけの予定でしたが、どうしてもケンブリッジまで足を延ばしたくなったのです。私は二十六歳から五年間、ケンブリッジ大学で過ごしました。それは本当に、かけがえのない時間でした。

ケンブリッジ大学を出た人は、母校のことを決して忘れません。卒業した人は皆、そう言います。ケンブリッジでは、寮で生活し、勉強はもちろん、食事も一緒にするし、いろいろなものを共有します。先生もすばらしい方が大勢いらして、さまざまなことを共有できます。

私は五年の間に、日本語の教授から頼まれて、初めて人に日本語を教える経験もしました。そのとき、最初に扱った教材が『古今和歌集』の序です。今思えば、学生も大変です。最初に習う日本語が『古今和歌集』なのですから（笑）。でも当時は、教養の基礎として、ラテン語など、今は使われていない古い言葉を勉強するのが当たり前でした。

ですから日本語も、それにならったのです。『古今和歌集』を学んだ学生たちは、「をのこ」「をみな」などと、まったくヘンな会話をしていました。（笑）

ケンブリッジを訪れるのは本当に久しぶりでしたから、風景が変わっているだろうと思っていました。ところが実際に行ってみたら、まったく同じでした。もちろん見えないところは変わったかもしれませんが、大学の外観はそのままでした。建物も、そこに咲く花も、昔のままです。かつて私が心を奪われた、寮の建物の前の美しいバラも、同じように咲いていました。七十年もたっているのに！　本当にうれしかった。いい時間を過ごすことができました。

夢を追う

瀬戸内　今回のイギリスへの旅では、確か、復活させた古浄瑠璃の上演も実現したんですよね。

キーン　はい、そうです。早稲田大学の鳥越文藏名誉教授は、ケンブリッジ大学に留学中の昭和三十七年（一九六二）、大英博物館の図書館で大発見をしました。世界で一冊しかない、『越後国柏崎　弘知法印御伝記《こうちほういんごでんき》』という浄瑠璃の本を見つけたのです。大英博物館の図書館は膨大な量の書物を所蔵しており、そのなかにあって、その本は投げ捨てられたような存在でした。しかし実際は、日本にも残っていない貴重な本だったのです。

瀬戸内　その浄瑠璃の復活に尽力したのが、息子さんになられた誠己さんだったのね。

キーン　はい。彼は、この浄瑠璃の舞台となった新潟県の出身ですから。柏崎が舞台のこういう床本《ゆかほん》が残っているので、復活させたらどうかと、私が勧めました。すると彼はさっそく新潟で、浄瑠璃の一座を旗揚げしたのです。

瀬戸内　そういえば先生は以前、狂言や義太夫などをご自身で実際になさっていましたよね。私も拝見したことがありますが、本当に声がいいし、日本人よりずっとお上手。あら、今日は私、ほめてばっかり。美しいと言ったり。（笑）

キーン　若い頃は狂言の舞台に立つこともありました。まぁ、素人中の素人ですが。茂《しげ》山千之丞《やませんのじょう》さんについて、かなり長い間、稽古を続けていました。

瀬戸内　私が生まれ育った徳島は浄瑠璃が盛んなところでしたので、普通の会話に浄瑠璃の言葉が入っています。たとえば「早く行きましょう」と言うとき、年寄りは「へんしも早う、いてさんじましょう」などと言う。そういう浄瑠璃の言葉が、かつては日常的に使われていました。それにしても、今の日本人で、先生のように狂言や義太夫を覚えられる人なんて、ほとんどいませんよ。

キーン　『弘知法印御伝記』は、発見から四十七年たった二〇〇九年に、新潟で復活上演することができました。ほぼ三百年ぶりに、人形浄瑠璃として、みなさんに見ていただくことができたのです。しかしできることなら、発見した大英博物館の図書館で上演したいというのが、鳥越先生の夢でもあり、私の夢でもあった。それがようやく、二〇一七年に叶いました。

瀬戸内　五十年以上かけて夢を実現するというのは、本当にすごいことですね。普通だったら、考えられない。お話をうかがっていると、先生はまるで九十六歳の文学青年です。やりたいと思うことに対する熱意は、まさに文学青年そのものですよ。

キーン　はい、そうです！

瀬戸内　だからこんなに若々しくてお元気だし、まだまだお仕事ができるのでしょうね。それから、どこへでもご旅行なさるでしょう。本当にすごいと思います。

キーン　近いうちに、ニューヨークに行くつもりです。自分が生まれ育ったところをもう一度見たいですし、生きているうちにまた、メトロポリタン歌劇場でオペラを見たい！

瀬戸内　九十六歳でニューヨークに！　私はもう、旅行に行きたいとは思わないわ。私も相当、精神が若いつもりでしたが、負けました。私より先生のほうがお若い。だって、今おっしゃったことも、全部前を向いていますもの。

キーン　実際に行けるかどうかは、まだわかりません。しかし、「なんとしてでも行きたい」と願っていたら、元気でいられるように思います。

何歳になっても新しい

瀬戸内　先生は最近、すごく分厚い『石川啄木』という評伝をお出しになりましたでしょう。よくこのお年で、あんなに重量感のある本をお書きになりましたね。その体力と気力に、本当に感服します。ショックを受けましたし、もう、これは負けたな、と。同時に、私もまだまだがんばらなければと、背中を押された気もしました。

キーン　『石川啄木』は九十三歳のときに刊行しました。じつは、私が初めて日本語で書いた論文が、石川啄木についてでした。京都に二年間、留学していたときのことですから、もう遠い昔のことですが……。それからも啄木については何回か書きましたが、やっとのことで、一冊の評伝にまとめることができました。私にとってはひじょうに大事な本ですが、書評などではあまり取り上げられなかったような気がします。（笑）

瀬戸内　キーン先生は、三島由紀夫さんと親しかったでしょう。三島文学も好きで、啄木にもご興味がある。その幅の広さが面白い。

キーン 啄木というのは、不思議な人です。教育は中学までしか受けていませんが、彼は大漢和辞典にも載っていないような漢字も使っていました。一方で、あらゆる現代的な問題に興味があった。『ローマ字日記』という、文字通りローマ字で書いた日記がありますが、それを読むと、まさに「現代人」です。人についての皮肉の言い方など、特に（笑）。どうしてローマ字で書いたかというと、妻に読まれたくなかったから。まぁ、実際には奥さんは、ローマ字を読めたようですが。

瀬戸内 『ローマ字日記』も読んだでしょうね。

キーン 啄木の短歌については、比較的よく知られていると思います。しかし、どういう人だったのか、いろいろ疑問があります。左翼的な人が彼のことを書く場合は、その点が中心になりがちです。でも私はあくまで公平な視点で、どんな人であり、どんな弱いところがあったか、どんなすばらしいところがあったかを伝えたかった。啄木という人と私は、まったく共通点がありません。まるで、似ていない人間です。しかし、啄木という人間を理解はできます。

瀬戸内 どういう点を「理解できる」と感じていらっしゃるんですか？

キーン　彼は、人からお金を借りたら、なかなか返さない。私は、そういうことは決してしません。（笑）

瀬戸内　そういう点では、啄木はかなりはた迷惑な人でしたよね。

キーン　はい。しかし彼は常に、「新しい表現」を追い求めた。書くときに、たとえば「花が美しい」といったような手垢がついた表現は決して自分に許さなかった。何か意外な表現はないかと常に探していたと、私は感じます。

私が初めて日本語で文章を書くようになったとき、当時中央公論社の社長だった嶋中鵬二さんに見てもらいました。というのも、日本語が間違っているのではないか、おかしいのではないかと心配になったからです。ところが嶋中さんは、間違いがあってもいい、新しい日本語、新しい表現のほうが面白い、と言ってくださった。そして、私が書いたものを、ほぼそのまま出版しました。私はなるべく普通の日本人が書くような文章のほうがいいと思いましたが、嶋中さんは、新しい文体のほうがいい、と。「新しい表現」がいかに大切か、ということでしょう。

私は六十年以上、ずっと書いてきたので、新しい本を書く際は、前にも同じようなことを書いたのではないか、似た表現を用いたのではないかと、少し心配になることがあります。読者は、すぐに気がつきますから。しかし、他の表現がない場合、どうしたらいいのか。今でも、書くときは、そんなふうに思い悩むことがあります。

この歳だからこそ、恥を怖がらない

瀬戸内　私も常に、新しいこと、新しい表現に興味があります。七十七歳くらいから、歌舞伎の『源氏物語』の台本を書いたり、梅若六郎さんに頼まれて新作能も書きました。それまで、まあまあ作家として無事にやってきたのだから、失敗しないようにということで、やめたほうがいいとまわりからけっこう止められたんです。でも、止められると、なおさらやりたくなる。（笑）

もう、この歳になったら恥をかいてもいいじゃないかというので新作能をやってみたら、けっこう当たりました。歌舞伎座で上演した『源氏物語』は、若い子もいっぱい観に来ましたよ。新之助時代の海老蔵さんが光源氏を演じられて、それは美しかった。
キーン　私が「外国人」として初めて日本文学に関して英語で書くようになったとき、自分の前に一人だけ先達《せんだつ》がいました。それが、『源氏物語』を英訳したアーサー・ウエーリです。彼は日本語だけではなく中国語も堪能でしたが、『源氏物語』以降は、日本に関する著書が多かった。ともかく、私の前にはアーサー・ウエーリ一人しかいなかったので、私が英語で日本文学について、また日本文化についてどんな本を書いても、それは常に新しかったのです。先駆者になれたことは、本当に幸せです。
瀬戸内　最高齢の先駆者、というのも、なかなかいいものですよ。私は八十六歳のときに、ケータイ小説なるものにチャレンジしました。そういうジャンルが生まれたと聞いて、自分もやってみたくなったのです。歳をとったら恥をかかないようにおとなしくしよう、なんていう考えは間違っていると思いますね。やっぱり、死ぬまで自分の可能性を開発するほうが面白い。とにかく、新しいことをやってみたい。今も、そう思っていますよ。
キーン　それは、私も同じです。しかし一方で、何年たっても、何歳になっても、「変わらない」ものもあります。私にとってそれは、「ものを書く」こと。子どものときも、学生時代も、いつも書いていました。

十三歳頃には、戯曲も書きました。そして、自分が昔書いたものを読んでも、今と考え方はほとんど変わっていません。もちろん、年齢とともに知識も増えたかもしれませんし、さまざまな経験をしました。でも、根本は変わっていません。私は、アメリカの大統領になりたいなどとは、一度も思ったことはありません（笑）。医者になろう、などとも思わなかった。言葉はひじょうに大切なものである。言葉で人にどう伝えるか。それを常に考えていたのです。

瀬戸内　書かれた言葉は、残りますものね。『源氏物語』も、書かれたものであったから、千年以上残った。

キーン　そうです。『弘知法印御伝記』も、書かれたものが残っていたからこそ、時代を超えて、人形浄瑠璃の舞台として蘇ることができたのです。

病気回復の妙薬は「好きなことをする」

瀬戸内　私は比較的元気だったのに、八十八歳からはときどき大きな病気をするようになりました。最初に腰椎圧迫骨折になったときは、動けないので、お腹の上に指で般若心経を書いていました。九十二歳で再び腰椎圧迫骨折になり、入院中に胆のうがんが見つかり、手術をしました。その後、心臓も悪くなって……。

二回目の腰椎圧迫骨折のときは、「神も仏もないのか」と思うほどの痛みを延々と味わうことで、私はやっと人並みに、病苦を知ることができました。まだまだ不完全な僧侶である私に、観音様が新しいチャレンジを通して、学ぶ機会を与えてくれたのかもしれません。

まぁそれは、後から思うことで、苦しい最中はなかなか前向きになれません。二回目の腰椎圧迫骨折のときは、うつになりかけました。うつから逃れるにはどうしたらいいのか、考えたんです。

結局、自分が一番好きなことは何かしらと考えたら、やっぱり書くことでした。本を出すことなの。でも入院していて、とてもではないけれど、小説は書けないし、連載も休んでいましたから。

何かないかなと思って、以前、俳句を少しやっていたことを思い出して……そうだ、句集を作ろうと思ったんです。いまどき、私の句集なんて売れません。ですから『ひとり』という題名で、自費出版したんですよ。できあがるまでワクワクしましたし、できあがったら、わっと声を出したいくらいうれしかった。だから、何か自分が一番したいことを見つけるのが大事ですね。できなくても、思うことです。それが病気のときには役立ちます。

キーン　好きなことをするのが、一番です。私も二〇一一年に身体を壊しましたが、その後はおかげさまで元気です。毎日、好きなことをしているからでしょう。

瀬戸内　病気になるたびに、毎回、これでもう死ぬのかなと思うのですが、なぜか治るんです。うちのお堂を守ってくれている人に、「どうして死なないのかしら?」と聞いたら、「観音様が守ってくださっているんですよ」と言います。「私、そんなに拝んでないんだけど」と答えたら、「私が代わりに毎日拝んでいます」と言われてしまいました。誰が守ってくれているかは知りませんが、とにかく治るから困る（笑）。もうそろそろ、死んでもいいのに、と思います。

でも、今度こそダメかもしれないと思っても、それでも生きているということは、結局、まだ「書きたい」からなのでしょうね。書くことが好きだから。先生もそうでしょう？

キーン　はい、その通りです。今もまた、新しいものを書いています。戦争のときもずっと友人だった人のことです。本当にすばらしい人でしたし、いつか彼のことを書かなくてはいけないと、長年思い続けてきたのです。

瀬戸内　そのお友達は、どんな方だったのですか？

キーン　私と同じように日本語を覚えて、中国語も韓国語も覚え、儒学を専門的に研究していました。儒学に興味を持つ学生がだんだん少なくなっても、誠心誠意、授業を続けた。

そして彼は、アメリカではそれまで科学者しか受賞しなかった賞を、文科系の学者として初めて受賞しました。彼とはずっと友達でしたが、先に逝ってしまいました。

常に「今」を精いっぱい

瀬戸内　私も、親しい方はみなさん、あちらに行ってしまった。一人残された、という感じです。私は尼さんだから、あの世があると信じなくてはいけないんだけど、この頃、あの世はないような気がしています。

ちょっと前までは、あちらに行ったら、先に死んだあの人に会いたい、この人に会いたいとずっと思っていたんです。三途の川を渡ったら、先に死んだ人がずらりと岸辺で待っていて、口々に「遅かったね」「よく来たね」と言ってくれるような気がしたんです。でもこの頃、行っても誰もいないのではないか、と思います。今、じっと考えると、死の先はやっぱり何もないのではないか、と。

キーン　何かきっかけがあったのですか。

瀬戸内　里見弴《さとみとん》先生は、九十四歳まで生きられました。晩年、かわいがっていただき、よくご一緒したんです。その頃、先生に「亡くなることをどう思いますか？」とお訊きしたら、「無だ。何もない」とおっしゃった。

キーン　私は、あの世のことはまだ何も考えていません。

瀬戸内　まぁ私も、毎日忙しいので、正直、あまり先々のことを考えたり、昔のことを振り返るヒマはないですね。常に「今」を精いっぱい生きていますから。

過ぎ去ったことを思い悩んだところで、変えることはできないし、未来を思い描いたところで、その通りになるとは限らない。だから、一日一日、一瞬一瞬を大切に生きるしかない。

寂庵での法話も、無理を押して今でも続けています。尼さんになった以上、法話は義務だと思っていますから。僧として他に何もできないから、せめて法話くらいはしないと。でも、私の法話は決して立派なものではなくて、漫才より面白いの。だから、みんな来るんですよ。笑いに来るのです。

来たときには憂鬱な顔をしていた人も、帰る頃にはニコニコしていますから、やり甲斐があります。

キーン　それは、すばらしいことだと思います。

第三章　昭和の文豪たち

文豪たちとの交流

瀬戸内　キーン先生が日本を好きでいてくださるその理由には、とてもすぐれた、よい日本人のお友達がいたことも大きいでしょうね。

キーン　はい。その点では、本当に運がよかったと思います。念願叶って京都大学に留学できたのは、昭和二十八年、一九五三年です。そのときは、二年間の滞在でした。羽田空港に着いた私は、東京に一泊もせず、夜行で京都に向かいました。京都に着いた夜に見た先斗町《ぽんとちょう》の風景は、あまりにも美しくて、自分の目が信じられないほどでした。

私の京都での住まいは「無賓主庵《むひんじゅあん》」と呼ばれる古い民家でした。まったく偶然ですが、お隣に、後に文部大臣になった永井道雄さんが引っ越してこられた。私は、アメリカ帰りの京大の助教授が隣に入ると知り、大変がっかりしました。どうせ英語の練習の相手をさせられるか、アメリカではこんなにすばらしい自動車を持っていたとか自慢話をされるのではないか、そんなふうに思っていたのです。

ある晩、下宿の奥さんの都合で、二人で一緒にご飯を食べることになりました。そしてその晩から、生涯の友人となったのです。初めて京都から東京に出かけたとき、永井さんは幼稚園からの幼なじみである嶋中鵬二さんへの紹介状を書いてくれました。後に嶋中さんは、私の親友となりました。そして昭和三十年から『中央公論』に日本語で原稿を書き始め、『婦人公論』にも書くようになったのです。それらの原稿は『碧い眼の太郎冠者《たろうかじゃ》』という本にまとめられました。驚いたことに序文を、あの谷崎潤一郎さんが書いてくださったのです。

瀬戸内　キーン先生は、日本の綺羅星のような作家たちと、ずいぶん親しくおつきあいしていらっしゃいますね。

キーン　留学していた二年間に、谷崎潤一郎さん、川端康成さん、吉田健一さん、河上徹太郎さん、石川淳さん、大岡昇平さんなどと出会いました。その後、安部公房さんとも親しくなりました。谷崎潤一郎先生とは、年齢や立場が離れすぎて友人とは言えませんでしたが、何度も食事に招かれ、ご自宅にうかがいました。河野多恵子さんは、谷崎

文学をひじょうに崇拝していたのに、一度も谷崎先生にお会いしたことがないと、私をうらやましがっていました。（笑）

瀬戸内　私は谷崎先生とはある時期、目白台アパートでご一緒だったことがありました。当時にしてみれば大変モダンでちょっと高級なアパート、今でいうマンションみたいなところで、私は六階の部屋を仕事場兼住居にしていたのです。谷崎先生は地下にご家族とのお部屋を持ち、私と同じ六階にも仕事部屋を持っていらしたのですが、私はエレベーターを降りた後、その仕事部屋の前を通らないと自分の部屋に入れない。それで先生の仕事部屋の前を通るときは、いつも、「この部屋だ」「あやかりましょう」と、ドアを撫でていました。河野多恵子さんはしょっちゅう、うちへ遊びに来ていたんですが、「この部屋よ」と谷崎先生の仕事場を教えたら、ドアにキスするんです。でも、間違えて、それは隣の部屋だった。（笑）

あれは舟橋聖一さんが連れていってくださったのか、谷崎先生のお宅で初めてお目にかかったとき、その話をしたんですよ。「河野多恵子さんが先生のことをとても崇拝していて、いつもドアにキスしていたんですが、隣の部屋でした」って。そしたら「当たらずといえども遠からず」とご機嫌でしたよ。そのときにお菓子を出してくださったんですが、食べて帰って、そのことを河野さんに話したら、河野さん、カンカンに怒りました。「なんでそれを半分持って帰って、私にくれないの。友達甲斐がない」って。（笑）

キーン　私は狂言を習っていましたが、「狂言師」としての私の短い経歴の中で頂点ともいえるのが、昭和三十一年に東京・品川の喜多能楽堂で『千鳥』の太郎冠者を演じたときです。酒屋の主人役は、武智歌舞伎で有名な武智鉄二さんが務めてくれました。観客席には、なんと、谷崎潤一郎さん、川端康成さん、三島由紀夫さん、松本幸四郎さん（のちの初代白鸚《はくおう》）、安倍能成《よししげ》さん、森田たまさんなどがいらしていました。生涯に一度の晴れ舞台と言ってもいいかもしれません。

三島由紀夫との縁

瀬戸内　キーン先生は、三島由紀夫さんとはとりわけお親しかったでしょう。

キーン　三島由紀夫さんと初めて会ったのは、京都大学に留学中です。ある方の計らいで、東京で一緒に歌舞伎を観に行ったのをきっかけに親しくなりました。

瀬戸内　じつは私も、若い頃から、三島由紀夫さんとはご縁があります。私はどうしても小説家になりたくて、戦後間もなく夫と娘を置いて家を飛び出して、京都で貧乏暮らしをしていました。そのとき、本屋で三島さんの『花ざかりの森』を買って、感動して、それから出る本、出る本、すべて買って読んでいました。それで思い切って、ファンレターを出したんです。そうしたら、すぐにお返事が来て、「私はファンレターには返事を出さない主義にしています。でも、あなたの手紙は本当に暢気で楽しいから、思わず返事を書きました」って。

キーン　あの三島さんにそう思わせるのですから、すばらしい！

瀬戸内　それから時々、面白い、ヘンな手紙を出すようになり、文通が始まりました。昭和二十五年、小説家になるために上京しましたが、食べていけないので、少女小説を書くことにしたんです。それで、ふざけ半分で「少女小説を書こうと思うけれど、ペンネームを考えてください」と、五つくらい候補の名前を書いたら、「三谷晴美」という名前に丸をつけてくれました。それは私の小さいときの戸籍名なんです。これが私の、最初のペンネームです。

その名前で初めて原稿料をいただいたとき、報告したら、「こういうときは名づけ親にお礼をするもんだ」と言ってきたの（笑）。それで慌てて、何がいいかと考えたら、確かエッセイで煙草のピースが好きだと書いていらしたことを思い出して……缶入りのピースをお贈りしたんです。そうしたら、「とてもいい贈り物をありがとう。これは世間には内緒にお願いします」と返事が来ました。（笑）

キーン 三島さんには、そういうユーモアもありました。

瀬戸内 上京して三鷹で下宿しているときも、ヒマだったからしょっちゅう手紙を出しました。私の下宿のすぐそばに、太宰治と森鷗外のお墓のある禅林寺というお寺があるんです。「私はヒマだから、毎日、禅林寺に行って、二人のお墓に参っています」と書いたら、「僕は太宰が大っ嫌いだから、太宰にお尻を向けて、鷗外先生に花をあげてください」って。二人の墓は向かい合っていますからね。そんなこともありました。

私の小説が初めて活字になった同人誌を送ったときは、「あなたの手紙はあんなに面白いのに、あなたの小説は何と陳腐でつまらないのでしょう」と、こきおろされました。それでも私は、その悪口の小気味よさに笑ってしまい、幸福な気分になりましたよ。

天才の目

キーン　私は、三島さんが書かれた本の中で一番の傑作は、おそらく『金閣寺』だと思います。私が京都で暮らし始めたとき、金閣寺は火災の後で、まだ再建されていませんでした。つまり読者はみんな、主人公が金閣寺を焼くという結末を知っている。それでも、あの小説を読んで驚くのです。あれは不思議でした。
じつは、三島さんは『金閣寺』を書いている最中、実際に犯人に会っているんです。私は「実際の犯人に会ったことで、何か得るものはありましたか」と尋ねました。すると「ほとんど何もありませんでした」という答えが返ってきました。要するに、三島さんが書いたのは完全なフィクションです。そしてそれを、見事に書ききった。つまり私たちは最初から結論を知っていて、初めから犯人に対して悪い人間だという印象を持っているのに、読み終えると、「こうせざるをえなかった」という気持ちになる。本当にすごい小説家だと思いました。

瀬戸内　やはり三島さんが天才だから、できたことだと思います。私ども普通の人間は、書いている途中で本人に会ったら、やっぱり迷うでしょうね。自分が思っていたのとまったく違う相手だったら、「このまま書き進めていいものか」と思い悩むでしょう。でも三島さんは最初から、本人はどうでもよかったんでしょうね。事件後、「若いお坊さんが金閣寺を焼いた」という、そのことが、三島さんの創作の原動力となった。

キーン　おっしゃる通りだと思います。

瀬戸内　私が初めて三島さんのお宅にうかがったとき、玄関の脇にある小さい二畳くらいの部屋で待たされました。しばらくして、黒い絣の着物を着た三島さんが、トントンと足音高く部屋に入ってきました。そのとき、裾をパッと割ったので、足がよく見えたんですよ。そうしたら細い細い、白いネギみたいな足に、黒い体毛が密集していた。それから初めてお顔を見て、お辞儀をしようとしたら、目がネコの目のように金色に光って見えたんです。普通の人の目ではない。その目を見たときに、「あっ、これが天才の目なんだ」と思って、圧倒されました。あんな目をした人は、その後も見たことがありません。

キーン　本当にあの方は、天才だったと思います。

忍び寄る死の予兆

瀬戸内　『禁色《きんじき》』は、私が作家を志して東京に出てきて、三鷹の雑貨屋の二階に下宿していた頃に出版されました。読んでひじょうに感動して、「すばらしかった」とお手紙を出しました。それで「お祝いに花火を打ち上げたいけれど、花火は高いから、私が下宿している雑貨屋で線香花火を買って燃やしました」と書いたら、すごく喜んでくださった。「『禁色』は、本当に自分が力を入れた作品」だ、と。

キーン　三島さんが『近代能楽集』を書くと、私はさっそく『卒塔婆小町《そとばこまち》』や『班女《はんじょ》』など五作を英訳して、五七年に出版しました。それがニューヨークで大変な評判となりました。三島さんはニューヨークでの上演を希望され、ご本人が渡米してオーディションを行うなど、途中までうまくいったのですが、スポンサーが見つからず……するとプロデューサーが、「日本ではお能とお能の間に狂言を上演するそうですね。ですから近代狂言を書いてくれませんか」と。私もアイデアを出したのですが、どうにも歯が立ちません。すると三島さんは、中学生が使うようなノートに、サラサラと一気に書いたのです。やはり天才は違うと思いました。

　結局、そのときは上演が叶いませんでした。私もなんとか力になりたかったのですが、残念ながら、力が及ばなかった。ただ、そのときは三島さんがけっこう長い間ニューヨークに滞在されたので、時間があるときはガイド役を務めました。三島さんはオペラやミュージカル、バレエ、演劇などにも、足しげく通っていました。

　ある日、「ラテン語で地名が記された月の地図がほしい。どこかで買えないか」と聞かれ、コロンビア大学の書籍部に案内したことがあります。そこで購入した地図には、

「Mare Foecunditatis」と記載された海があった。日本語に訳すと、「豊饒《ほうじょう》の海」です。

後に三島さんは、『豊饒の海』という小説を書き、これが遺作となりました。七〇年に三島さんが自決する直前のことです。私は『豊饒の海』という題名が気になり、手紙で意味を尋ねたことがあります。返信には「月のカラカラな嘘の海を暗示した」とあり、「日本の文壇に絶望」とも書かれていました。すでに自決を決めていたのでしょう。その文面に、背筋が凍りつきました。

瀬戸内　あれはいつ頃だったかしら。三島さんにお送りした手紙に、「私はあなたを天才だと思っていました。でも天才は夭折するはずなのに、あなたはもう中年になりかけているので、天才ではなかったのでしょうか」と書いたことがあります。すると、「じつは私自身も、それで密かに悩んでいます。『禁色』を書き上げたときは、必ずここで何かが起こるはずだと密かに期待していたのに、何の異変もなく過ぎています。ご期待に添えず遺憾」と、お返事がありました。

ただ、『英霊の声』を読んだときは、全身が凍りつくような異様な感じを受けました。暗い沖に浮かんだ無数の英霊の嘆きの声が聞こえるようで、総身が粟立ったんです。私がそう言っていたことが、ご本人に伝わって……。本当に久しぶりに、お手紙をいただいたんです。あれは、ものに取り憑かれたように書いてしまって、自分の作品とは思えない、というような文面でした。つまり英霊たちが、三島さんに乗り移って書かせた、というのです。

衝撃的な死

キーン 三島さんが亡くなったときは、本当に驚きましたが、あとで、いろいろその兆しがあったという気もしました。ただ、私はそれを敏感に察知できなかった。三島さんと親しくなり始めた頃、彼は、ベタベタする関係は嫌いだと私に明言しました。ですから、お互いに悩みを語り合うことはまったくなかった。彼は心に何か鬱屈した思いを抱え込んでいても私には言わず、むしろ楽しい話ばかりしました。

亡くなる前の夏、三島さんが伊豆の下田に私を呼んでくれました。三島さんは毎年、夏は家族と下田のホテルで過ごしていたのでしょう。ホテルのプールのそばで、完成しつつあった『豊饒の海』四部作について語り合いました。三島さんは、自分が小説家として覚えたことのすべてをこの大作に注ぎ込んだと言って、「あとは死ぬほかない」と笑いました。そのとき、私は何かを感じたような気がしました。それで私たちの約束を破って、「こういう話をするのはお嫌でしょうが、もし何か心配事があるなら話してくださいませんか」と訊ねたのです。すると三島さんは目をそらし、何も答えませんでした。たぶん三島さんはそのとき、死ぬことを決めていたのでしょう。

それからしばらくして、私がアメリカに発つとき、三島さんが見送りに来てくださったのです。私はびっくりしました。というのも、三島さんは普段、朝の六時まで原稿を書き、それから寝て、午後二時に起きるのが習慣だったからです。私の飛行機の出発時間は、朝の十時でしたので、ほぼ徹夜の状態でいらしたのでしょう。目が血走っていました。しかし問題はその後です。飛行機が離陸した後、見送りに来てくれた他の人たちと食堂に行ったら、三島さんが突然、「つまらない死に方をしたくない」と言ったそうです。朝の十時にそんな話をするので、皆、びっくりしたそうです。いずれにせよ、彼は私に別れを告げに来たのですね。

瀬戸内　結局、四十五歳で亡くなりましたね。自刃のニュースは京都で暮らし始めた家で、偶然つけたテレビで知りましたが、とても現実のこととは思えませんでした。

キーン　自決の連絡は、ニューヨーク時間で夜の十二時に受けました。日本の新聞記者から電話がかかってきて、三島さんが切腹したというのです。本当にびっくりしました。そこから朝の八時まで、日本からの電話が続きました。

あらゆる新聞社や出版社から、「どういうご感想ですか」と問われたのです。私の返事は、どんどん上手になりました。まるで芝居のセリフみたいに。しかし、私はそれが嫌でたまりませんでした。親しい友人が死んだときに、芝居のセリフを言うとはどういうことだ、いやらしい、と……。

それから二日後に、三島さんからの最後の手紙が届きました。三島さんは手紙を机の上に置いて自衛隊の市ヶ谷駐屯地へ行ったんです。手紙は奥様が投函してくださった。あれは私の一生で、忘れられない事件です。

川端康成の不思議な趣味

瀬戸内　キーン先生は、川端康成さんとも親しくなさっていましたね。

キーン　川端康成先生の思い出もたくさんあります。先生はいつも私に対して、きわめて親切でした。軽井沢の別荘にうかがったこともあるし、お宅に泊めていただいたこともあります。そのとき、川端先生は「何時頃に起きますか?」と私に訊かれました。私は冗談のつもりで、誰も朝の五時に起きることはないと思って、「五時に起きます」と言ったのです。その時間なら、ご家族も寝ていて気を使っていただくこともないと思って。翌日、八時半頃に目が覚めて部屋を出たら、私のドアの前にお盆があって、食事が載っていました。私が、五時に起きて朝食が食べられるようになっていたのです。そんなつもりではなかったのですが、あれはじつに悪い冗談になってしまいました。(笑)

瀬戸内　初めて川端さんとお会いしたのは、岡本太郎の母親でもある小説家で歌人の岡本かの子のことを『かの子撩乱』で書いた後でした。川端さんは、「あなたが岡本かの子のことをよく調べて、書いてくれたので、かの子のことをまた人が読みだした。太郎さんの面倒もよく見てくれて、ありがとうございます」とお辞儀なさったの。私はもう、びっくり仰天しました。

キーン　そういう、広い心を持った方でもありました。

瀬戸内　女性の編集者が川端さんのところに行くと、あの大きな目でじっと睨んで、ものも言わないので、とても怖いという評判でした。でも私は、一度も怖い思いをしたことがありません。

ときどき京都にいらっしゃると、電話がかかってきて「瀬戸内さん、出てきなさい」とおっしゃるんです。私にとっては、偉い作家の先生ですから、仕事の最中であれなんであれ、呼び出されたら飛んでいくしかない。だいたい祇園ですね。川端さんはまったくお酒が飲めないので、私だけが飲むんです。お酒を飲む人と一緒にいるのが好きだとおっしゃって……。私がお酒を飲むのを、川端さんはただ見ている。妙な人ですね。ときには呼び出されて祇園に行くと、若いきれいな女の子がいっぱいいる。「先生、このお嬢さんたちは誰ですか?」と尋ねると、「私が歩いていたら、ぞろぞろついてきて離れないから、ここまで連れてきた」などとおっしゃる。それで、私と女の子にふるまって、自分は見ているだけ。ほとんど話もしない。ちょっと変わった方でした。でも、とてもおやさしかった。

本当のノーベル文学賞受賞者

キーン　昭和四十三年、川端康成さんがノーベル文学賞を受賞しました。私は、三島由紀夫さんこそがノーベル文学賞にふさわしいと思っていました。それまで二度も候補にあがっていましたから。ですから、川端文学は好きですが、川端先生が受賞したとき、私は残念に思いました。しかしあれから五十年たち、やはり川端先生が受賞したのは正しかったと思うようになりました。

瀬戸内　これは嶋中さんにうかがった話ですけど、三島さんがノーベル賞を取れなかったのは、選考委員の一人が、三島さんの名前が候補にあがったとき、「この人物は左翼だ」と言ったからだ、と……。

キーン　それは本当です。私はコペンハーゲンで、あるデンマーク人に会いました。その人物とは以前、東京で開催された国際ペンクラブ大会でほんの少し顔を合わせたことがありました。他の国の代表は一週間くらいで自国に帰るのですが、デンマーク代表の彼は、二、三週間、日本に滞在していました。たったそれだけのことで、北欧では日本通ということになっていたのです。ノーベル賞の選考会に呼ばれて意見を求められたとき、彼は三島さんのことを左翼だと言いました。このデンマーク人はきわめて右翼的な人で、彼の常識によれば、若い人はみんな左翼でした。そして彼は三島さんの受賞に強く反対し、川端康成さんの名前をあげたのです。本人から聞いたのですから、間違いありません。「私が川端に賞を取らせたのだ」と、誇らしげに語っていました。

三島さんが左翼と思われて受賞を逃したなんて、バカバカしい。理不尽さに黙っておれず、私はこのことを三島さんに言いました。しかし、よくよく考えてみれば、言うべきではなかったのかもしれません。三島さんは、ちっとも笑いませんでした。

瀬戸内　川端先生がノーベル賞をおもらいになったとき、私は目白台アパートに住んでいましたが、同じアパートには円地文子さんも仕事場を持っていて、『源氏物語』の現代語訳に取り組んでいました。そうしたら円地さんから電話がかかってきて、「大変、大変。川端康成さんがノーベル賞をおもらいになることが決まったから、こういうときは、作家はすぐにお祝いに駆けつけなくてはいけない」と言うんです。私は、そういう礼儀みたいなものを知らない人間でしたので、「あぁ、そうですか」。円地さんが「すぐ行きましょう」というので、二人で鎌倉にうかがったんです。そうしたら一番乗りで、ちょっと恥ずかしかった（笑）。しばらくしたら、三島さんがいらしたんですよ。ちょっと緊張した顔で、ワインを抱えて。それで川端さんの前にきちんと正座して、「このたびはおめでとうございます」と挨拶なさった。川端さんは、にっこりして「ありがとう」と答えていました。その後、大勢人が来ましたが、三島さんはすぐに帰られました。そのとき私は、じつは水面下でノーベル賞を巡ってお二人の間にいろいろなことがあったらしいことを知らなかったんです。

キーン　川端さんと三島さんが交換した手紙が本になりましたが、そのなかで川端さんは、「もし未来において私のことを人が覚えているとしたら、それはあなたを発見した一人としてであろう」とお書きになっています。しかし大岡昇平さんは、後にひじょうに暗いことを言っています。ノーベル文学賞がまず三島さんを殺して、その後、川端先生を殺した、と。その発言には深い意味がある、と私は思っています。三島さんは、ノーベル文学賞を受賞していたら、たぶん自決はしなかったでしょう。

瀬戸内　私もそう思います。

キーン　川端さんはノーベル賞を受賞され、大変な責任感と重荷を感じられたことは間違いありません。受賞後、何回も、小説の初めだけを書いて途中でやめて、「これ以上、書けない」と……。もし受賞しなければ、何かもう一作傑作を書かねば、という重圧を感じる必要はなかったはずです。結局、書こうとしても書けなかった。そして、自ら命を絶ちました。二人にとって、いろいろな意味で、ノーベル賞は人生を狂わせたといってもいいかもしれません。

瀬戸内　確かに川端さんは、もしノーベル賞をおもらいにならなかったら、もう少し生きていらしたかもしれません。ただ、もともと川端さんには自殺願望のようなものがかなりあったと思います。あるとき「瀬戸内さん、飛行機好きですか?」とおっしゃるので、「早く遠くに行けるから大好きです」とお答えしたところ、「私も好きです。いつも飛行機に乗るたびに、この飛行機が落ちたらいいのにと思います」と、ケロッとおっしゃる。ご本人は死にたいのならそれでいいけれど、一緒に乗った人はたまりませんわね。

キーン　本当に。

すばらしい才能の女流作家

瀬戸内　小説家というのは、まわりの作家はみんなライバルです。だから、才能がある人が出てきたら、「こんちくしょう」と思うらしいですよ。

私は九十五歳のとき、長編小説『いのち』を発表しました。『いのち』でとりあげた同時代の女流作家、大庭みな子さんと河野多恵子さんのお二人も、お互いライバルでした。お二人とも文学史に残る才能を持ったすばらしい作家で、私はどちらの方ともつきあっていました。二人から互いの悪口をよく聞かされ、「あら、そうなの」と聞く役なんです。もっとも河野さんには、ちょっぴりひどい目に遭いましたが（笑）。大庭さんはいつも、私にはやさしかった。たぶん私のことを、作家としてたいしたことないと思って、安心していたからでしょう。でも死んでしまったら、同じくらいの重さで思い出されます。

キーン　お二人とも、日本の文学史上、とても大きな存在ですね。

瀬戸内　はい。だからこそ、自分が死ぬ前になんとしてでも書いておかねばと思ったのです。私はこの頃、朝に聞いたことを昼には忘れています。秘書からも、私が朝と昼では違うことを言っていると笑われます。

でも、書いていると、さまざまなことを鮮明に思い出します。お二人のことも、まざまざと記憶が蘇る。ですから読んだ方からは、「よくそんなに細かく覚えていますね」と言われます。今後おそらく、いろいろな方が大庭さんと河野さんの研究をすると思います。そのとき、きっと私のこの作品を読まないわけにはいかない。そういう、研究書の役目も果たしています。

キーン　しかし寂聴さん、大きな病気をなさってから、よく長編小説を完成させましたね。

瀬戸内　病気で連載を中断している間は、気持ちが落ち込んでいたこともあり、正直、書き上げることはできないかもしれないと思いました。でも、退院してから命を削るようにして書いたんです。だって、小説家でいることが一番楽しいじゃないですか。

私は、小説家以外の仕事をしても、それなりにうまくいったのではないかと思っています。お茶屋の女将さんになったら成功すると言われたこともあります。でも、小説は失敗するかもしれないけれど、一番好きなことだから。九十五になっても、それまでと同じように書けますよ。先生もそうでしょう?　だから私たちは、歳をとらないんですよ。みなさんは、「自分は歳をとった」と思うからいけないのですよ。

第四章　日本の美徳

日本国籍を取得した理由

瀬戸内　二〇一二年に先生が日本国籍を取られたときには、ずいぶん大きなニュースになりましたね。具体的に何か、変わりましたか?

キーン　象徴的なことですが、たとえば日本人の誰かが私に「いつお帰りですか?」という場合、以前はアメリカへ帰ることを意味していました。成田空港に着いたとき、「お帰りなさい」とは言われません。「いらっしゃい」なのです。そういう何気ない言葉から、「あぁ、やっぱり私は日本人とは違う」「日本人から見たら、外から来た人なんだ」と、否応なしに気づかされました。日本の国籍を取得することで、ようやく私は「日本に帰れる」ようになったのです。

面白いのは、帰化申請のことが報道されてから、私は突然、有名になりまして(笑)。それまでも近所の方々はみなさん、私に会釈をしてくれていましたが、言葉をかわすことはありませんでした。しかし、私が国籍取得の申請をしたと知ると、たくさんの人が「おはようございます」と声をかけてくれるようになったのです。「これから寒くなりますから、お風邪をひかないように。どうぞ、お大事になさってください」と、気軽に話しかけてくれます。普通のお隣さんだと受け入れてくれたようで、うれしかったですね。

瀬戸内　仲間だと思ってくれるようになったのでしょうね。

キーン　ようやく、日本人になれた気分です。そして日本人になったからには、これまで遠慮して言わなかった日本の悪口も、どしどし言うつもりです。（笑）

瀬戸内　二〇一一年三月十一日に起きた東日本大震災の後、先生が日本への帰化を表明されたことは、私たち日本人にとても勇気を与えました。なぜ、傷だらけの日本に永住しようと決め、日本人になろうとしてくださったのか……。

キーン　日本の人に勇気を与えようと意図したわけではありません。日本国籍の取得に関しては、ずいぶん前から、どうしようかと考えていたことでした。私は日本に家を持ち、四十年間くらいアメリカと日本を行き来してきました。そうしたなかで日本人に親しみを感じていたし、できることなら日本に永住したいという気持ちも持っていました。

そしてあの日――三月十一日、私はニューヨークにいました。あちらのテレビでも二十四時間、日本の震災のことを報道していた。いつもはあまりテレビを見ないのですが、あのときばかりはずっとテレビから目が離せませんでした。

瀬戸内　私はあのとき、腰椎圧迫骨折になり、療養中のベッドの中でした。横目で見ていたテレビに、地震と津波の光景が映し出されて、本当にびっくりしました。「これは大変だ」と思いながら、身体を動かすこともできずにいたものですから、毎日どうしようもなく、朝から晩までテレビを見ていました。

キーン　私は以前から東北が好きでしたし、知っている場所がどうなったか早く知りたかったのですが、なかなか報道されず、もどかしい思いでした。たとえば松島はどうなったのか。島々は消えたのか。あるいは中尊寺は大丈夫だったのか。何より、被災した人々はどうしているのだろう。今、どんな気持ちでいるかと考えると、眠れませんでした。

瀬戸内　そのうえ、原発の事故がありましたからね。地震、津波に続いて原発事故。テレビでそのことを知り、あまりにもショックが大きくて、それまで身動きもできなかったのに、気がついたらベッドから滑り降りて、自分の二本の脚で立っていました。

キーン　私は震災があったことで、日本国籍を取得しようと、ハッキリと心が決まりました。とにかく一日も早く、日本に「帰りたい」と思ったのです。しかしニューヨークの家の整理に時間がかかり、ようやく日本に帰れたのは震災から半年たった九月一日でした。

瀬戸内　原発事故による放射能汚染のこともあって、日本を出ていく外国の方も多かったと聞きます。それだけに、先生がそこまで思ってくださるのは、日本人として、とてもうれしいことです。

キーン　日本の国籍を得ることに対し、東北の被災地の方々から「私たちに勇気を与えてくれた」というお手紙をたくさんいただき、うれしかったですが、生涯を日本に捧げてきた私としては、まったく自然にそう決意しただけのことなんです。

瀬戸内　それでも私などは、感謝の意をどうやって表したらいいかと思いましたよ。

日本人とともに生きたい

キーン　私は本当に何十年もの間、多くの日本人に支えられてきました。私の書いたものを読み、私に手紙を書いてくださったり、お礼を言ってくださったりした。決してアメリカが嫌いで祖国を捨てたのではありません。日本に対する愛情が、私に日本人になることを選ばせたのです。私はこの国にいたい。日本人とともに生きたい。そんな気持ちなのです。

日本人になると決めた私の気持ちをあえて言葉で表現するとしたら、作家で詩人の高見順さんが第二次世界大戦中に日記に書いた思いと重なるでしょう。

戦時下で一番情勢が厳しいときに、当時、鎌倉に住んでいた高見順さんは、アメリカ軍が鎌倉を攻撃するという噂を耳にします。心配して、自分のお母さんを田舎へ帰そうと大船まで見送った後、妻を連れて東京大空襲の跡を見に上野駅に行くのです。着いてみると、安全なところに逃げたい、という気持ちにかられた群衆があふれて、大変な混雑となっていました。

高見さんが驚いたのは、そういう状況であるのに、誰もが静かに整然と並んで汽車の順番を待っていたことです。その光景を目にして、「私はこうした人々とともに生き、ともに死にたい」と日記に書きました。

私も、東日本大震災の後、同じような気持ちを抱くようになりました。どうしてもっと早く日本国籍を取ることを考えなかったのか、自分で不思議に思ったくらいです。

瀬戸内　戦時下でも整然と並んでいたのは、整然と並ばざるをえないような教育をされているんですよ。お行儀がいいのではなく、人と違うことをする勇気がないのかもしれません。

キーン　しかし、東日本大震災のような大災害があれば、国によっては、混乱に乗じて暴動や略奪も起きるでしょう。でも、日本では、そうはならない。冷静に対応し、みんなで協力し、助け合いました。世界の人々は、日本人のすばらしさを再認識しました。日本という国、日本人に対する信用は、これまでにないくらい高まりました。日本全国の人たちが大勢、ボランティアとして東北に駆けつけた。それも、すばらしいなと思いました。

瀬戸内　私も被災地に行って感心したのは、ボランティアの若い人たちが本当に一所懸命働いていたこと。朝早くから陽が沈むまで、瓦礫を運んでいる。男の子なんか、髪を金色に染めていたり、女の子はつけまつげをしたり。そんな子たちが、握り飯を用意して、自分のお金でそこまでやってきて、見返りを求めずに身体を動かしている。「どうして来たの?」と聞いたら、「石を一つ動かすだけでも、役に立つかもしれないから」と。そんな姿を見ていたら、「今どきの若者は……」なんて、言えませんね。

キーン　はい。私は三十年近く前、東北大学で半年間教えていたこともありますし、日本に来た当初、京都大学留学中に松尾芭蕉の『奥の細道』をたどる旅をしたこともあります。東北には格別な思いがありますし、災害から立ち上がろうとしてがんばってきた東北の人たちの強さには、改めて頭が下がる思いがします。

いても立ってもいられない

瀬戸内　私は震災後、一日も早く東北に駆けつけたい思いでいっぱいでした。私は徳島で生まれ、今は京都に住んでおりますけど、今では東北も故郷の一つです。というのも、縁あって、一九八七年から岩手県の天台寺の住職を務めることになったからです。天台寺にお墓も作っています。ですから、いても立ってもいられなかった。なのに、自分の足で歩けない。もどかしい思いで、寂庵の廊下で歩行器を使って歩く練習を始めました。派手に転んで、痛さに涙が出たこともあったけれど、なんとしても歩きたい、被災地に行きたいという思いのほうが勝っていたんですね。

ようやく六月に、天台寺に行く機会があり、その後、多くの被災地を訪ねました。足もまだヨボヨボで、歩くのもおぼつかなかったのですが、じっとしていられなかった。

キーン　じっとしていられない、という気持ち、よくわかります。

瀬戸内　被災地に行ったからといって、何ができるわけではないけれど、私は按摩《あんま》がうまいの。だから「按摩をしてあげますよ」と言ったら、行列ができた。でも、寂聴さんが来て按摩をしてくれたということだけで、みなさん、喜んでくれるんですよ。私には何もできないけれど、按摩をしながら、ただ愚痴を聞いてあげる。それだけでも、意味があるのではないか。小さなことでも行動に移すのが、大事なんですね。

キーン　その行動力が、すばらしいです！

瀬戸内　最初に訪れた漁村で、小学生の女の子が、私に「戦争のことも小説に書きましたか？」と質問してきたんです。「私は戦争の中で育ってきたから、もちろん戦争のことも書いたし、私の書くものはみな戦争のことが底にあるのよ」と答えて、「どうしてそんなことを質問したの？」と聞くと、「今度の災害でとてもたくさんの人が死にました。母に聞くと、戦争でも人がいっぱい死んだといいます。たくさんの人が死ぬ地震や津波の災害と戦争は、どう違うんですか？」と、その小さなかわいい女の子が言うんです。だから、「地震や津波は自然が起こす天災だけど、福島の原発事故も戦争も、人間が起こした人災。天災は、今は防ぎきれないけれど、人災は人間の力で止めることができる。だからみなさんが大人になったら、戦争は絶対にしない、原発はなくそうとがんばってね」と答えると、「わかりました」と、目をキラキラさせてうなずくんです。

キーン 子どもたちの笑顔には、本当に救われますね。私は、子どもたちがつくる未来の日本に、おおいに期待しています。そして私も日本人になったからには、これまで遠慮して言わなかった日本に対する文句も遠慮なく言うつもりです。（笑）

瀬戸内 どんどん言ってください。

美しい国土をこれ以上壊さないでほしい

キーン 私は、日本は世界のなかでもとてもきれいな国だと思っています。海も山も美しく、さまざまな花が咲きます。若い頃、初めて『奥の細道』をたどったとき、季節は五月でしたが、東北では桜と梅が同じ時期に咲くことを知りました。蔵王にはまだ雪があり、じつにすばらしい景色でした。旅を続けながら、私はしきりに「美《うま》し国ぞ大和の国は」とつぶやいていました（笑）。しかし、日本人は高度成長期に森を切り崩して分譲地にしたり、マンションにしたり、その美しさを自分たちの手で壊しているのが残念です。

瀬戸内　ゴルフ場にしたりね。

キーン　ゴルフ場は最悪ですね。いつか行った町にゴルフ場があり、芝を整えるために使った除草剤や農薬の毒素が水道水に混じって、大騒ぎになっていました。住民の健康をむしばみ、不安にさせてまで、ゴルフ場は必要でしょうか。私には理解できません。

瀬戸内　戦後、どの町の駅前も同じような景色になりましたね。フランスにカーンという町があります。列車に乗っていて、ふと降りたくなって、立ち寄ったんです。懐かしい雰囲気のある、とても素敵な街なんですよ。聞くと、そこは戦争中に爆撃でメチャクチャになったのを、昔のままの町に戻したんですって。ここに八百屋があった、ここに鍛冶屋があった、というふうに。駅前広場の前に壁があって、そこだけ爆撃されたときの様子をメモリアルとして残して、あとは昔のまんま。そんなふうにしているところもあるんですね。

キーン　ドイツのフランクフルトを二度、訪れたことがあります。一度目は、町の真ん中の広場にガソリンスタンドはあるし、建物もつまらなくて、まるできれいではありませんでした。十年後、また訪れてみたら、中世の町のような佇まいになっていて、これが同じところかと驚きました。ガソリンスタンドなどは跡形もなく、聞けば住人たちが意見を出し、協力しあって、そのように変えたそうです。お金もかかりますが、やればできるのです。せっかく美しい場所なのに、その土地を売って醜いものを建てたのでは、永遠に美しい財産を失うことになります。

日本には、まだまだ風情のある町がたくさん残っています。私は瀬戸内海に面した広島県の鞆《とも》の浦《うら》という港町がとても好きです。古い町並みが残っていて、その昔、韓国からの使節団が泊まった建物もあります。ところがそこを埋め立てたり橋をつくるという話を聞き、せっかくの町の美しさが台無しになると思いました。そういう設備ができると、大きな工場やさまざまな施設ができる。それを喜ぶ人もいるでしょうが、二度とあの町の美しさは取り戻せません。

瀬戸内　被災した東北の町を、今、立て直している最中ですよね。どういう町にしていくのか……昔のいい風景は、ぜひ再現してほしいですね。

キーン　そのうえで、人間が楽しく生活できる町、子どもたちの遊び場があるとか、心からくつろげる場所があるとか、そういうことをぜひ考えるべきですね。それまでの町のよさを生かしつつ、今まで以上に安心で住みやすい町づくりのチャンスになればいいと、心から願っています。

自然への感謝を忘れてはいないか

瀬戸内　東日本大震災から月日がたちましたが、今でも「どうして自分だけ生き残ってしまったのだろう」と落ち込んだまま、前に進む一歩をなかなか踏み出せない人もいると聞いています。あとに残されるほうがつらい、という人もいらっしゃる。あるいは、悲しみが少しずつ薄らいでくるのは自然なこと、忘れるのは仏様や神様が与えてくれた恩恵なのに、「自分は亡くなった家族のことを忘れる瞬間がある」「自分はなんて薄情なんだ」と、自分を責める人もいます。

でも、生きている人は、なぜ自分だけが生き残ったのかを考えてほしい。それは、自分が残ったのではなく、「残された」のだと私は思うのです。残された人には、残されただけの理由があるんですよ。それは、生きて、誰かの役に立つためではないでしょうか。亡くなった人たちは、ちっとも悪いことなんてしていない、善良な人たちです。その人たちが苦しみを引き受けてくれたのだから、そのことに感謝しながら、残された人は生き続けなくてはいけないと思うんですよ。

キーン　私は震災後、中尊寺で犠牲者のご家族の前で講演をしました。もちろん初めてお会いした方たちばかりでしたが、なぜか、つながりを感じたのです。握手を求めるおばあさんも、何人かいました。少しでもその方たちの慰めになるなら、それだけで私にも生きる意味があると思いました。

瀬戸内　キーン先生が日本に永住することを決意してくださったのは、日本人には大きな励ましでした。傷ついている人たちにとっては、なおさらです。先生のような方がいてくださると、「あぁ、日本はやっぱりいいところなんだ」と誇りを失わずにすみます。やはり人間は、自分が住んでいるところに対して誇りを持つことが大事ですから。

同時に、反省しなくてはいけないこともたくさんあります。自然がいろいろな恵みを与えてくれているのに、それに対する感謝を、今の日本人は忘れています。先ほどの、自然や町の美しさを壊している点もそうです。目先の利益や便利さを優先させて、技術ばかりどんどん追求し、なんでもできるというふうに思い込んで、人を殺すようなものも作っていく。原発を作る技術はあるのに、放射能を制御する技術はないんですからね。毎年やってくる台風の被害を食い止める技術ひとつないじゃないですか。人間の能力なんて、たかが知れているんです。

キーン　震災で学んだことは、たくさんあると思います。それを生かしていけば、日本はこの先、もっとよくなります。私は、そう信じています。

日本人の美徳とは

瀬戸内　ところで、キーン先生のお考えになる日本人のよさは、どんなところですか？

キーン　日本人について書かれた一番古いものは『魏志倭人伝《ぎしわじんでん》』です。そのなかで、日本人の特徴が二つあげられています。一つは「清潔」であること。もう一つが「礼儀正しさ」。驚くことに、これは今も変わっていないのです。まず「清潔」ですが、日本人ほどお風呂に入る人々は少ないでしょうし、「行きたいところは？」と聞けば、「温泉」（笑）。とにかく日本人の生活は、清潔さを大変大事にします。

私のアメリカの友人は、毎年、二週間くらいの休みがあると、たいてい日本に来ます。日本語はできませんが、日本という国が大好きなのです。一番の理由は、どこで何を食べてもお腹を壊さないこと（笑）。食べ物も清潔で安全、安心感があります。

瀬戸内　私からすると、西洋のほうが食事のときなど白いテーブルクロスを敷いて、ずっと清潔な気がしていましたけど、言われてみると、あぁ、そうなのかと思います。

キーン　そして礼儀正しさ。これは私も、ひじょうに重んじていることです。今の若い日本人は、以前のようにあまり敬語を使わないかもしれません。でも、いざとなると、みんな敬語を使って話すことができます。あと、何が起きても立ち上がって前に進むたくましさ、それもすばらしいと思います。

瀬戸内　東日本大震災の被災地を訪れたとき、戦後すぐの日本を思い出しました。中国から引き揚げて、メチャクチャになった日本を初めて見たとき、これはもうダメだと思いました。十年やそこいらでは立ち直れない。原爆で焦土となった広島も、この先、絶対に元には戻れないと言われていました。

それがあっという間にきれいになって、大きなビルが次々と建ちました。そういうのを見ていると、日本人には、地に這いつくばってでも生きていこうという力があるのではないかと思います。

キーン　私は終戦直後の昭和二十年十二月、一週間だけ日本に滞在したことがあります。アメリカ軍の基地があった神奈川県の厚木から車に乗って都心に向かいましたが、街の中心に近づくほど、家や建物が少なくなっていました。あったのは焼け残った煙突や蔵などで、家らしい家はほとんどありませんでした。まさに廃墟だったのです。

ところが八年後に再び東京を訪れると、すでに生まれ変わった街となっていました。もちろん戦争の爪跡が完全になくなっていたわけではありません。しかし、信じられないほどのスピードで復興を遂げていました。現在の東京は、世界に冠たる都市の一つです。日本人にはそれほどの潜在能力があります。底力があるのです。それを忘れてはいけないと思います。

瀬戸内　日本人には、よくも悪くも、ちょっと忘れっぽいところがあります。時間がたてば、嫌なことは忘れて、さあ、前に進みましょう、と。私の生まれた徳島はとくにそうで、「えらいやっちゃ、えらいやっちゃ」で、踊って終わり。（笑）

キーン　古い話になりますが、十五世紀、十年間続いた応仁の乱のときもそうでした。当時の京都は、日本の都、日本の文化の中心でした。美術の面からいっても、あらゆるものが京都に集まっていた。それが、すっかり消失してしまったのです。残っているのは、二、三の建物くらい。

しかし、その後、短時間で東山文化が栄えます。今につながる新たな日本の文化の源流となる、ひじょうに重要な文化が、戦乱の後の京都から生まれたのです。私たちが心に描く「日本」と言えば、畳が敷き詰められた座敷に、床の間があって、生け花が飾られ、墨絵が掛かり、そこから庭が眺められる、そんな光景です。それらは東山文化から生まれて、日本独特の建築様式になった書院造りのイメージです。京都がすべて焼野原になった後、日本人はそのようなすばらしい文化を創り上げたのです。

「今」を懸命に生きることが仏の教えにかなう

瀬戸内　文化といえば、仏教も、いわば日本の文化の一端と言っていいでしょうね。

キーン　日本の場合、仏教の影響の大きさは無視できないものがあります。伝統的な美術、音楽、演劇においても、仏教は中心的なものですし、お能を見ても、ほとんどの演目のワキ役はお坊さんです。そして日本人の精神の支柱には仏教がある。それなのに、日本の仏教はこういうものだと紹介することがないため、海外ではほとんど知られていません。鈴木大拙《だいせつ》さんが禅を広める活動をなさっていたくらいでしょうか。日本人が信じている仏教——中国仏教やチベット仏教、スリランカの仏教とはまた異なる、日本人の価値観の土台となっている仏教を、私はもっと世界に知ってほしいですね。

瀬戸内　今の時代、お寺も大変ですよ。私が縁あって住職として再興を任された岩手県の天台寺は、奈良時代に建立されたとも伝えられる由緒あるお寺です。最初に訪れたときは、聞きしにまさる荒廃ぶりに、呆然としました。本堂は埃だらけ、蜘蛛の巣だらけ。思わず逃げ出したくなりましたよ。でも次の瞬間、なんともいえない霊気のようなものに全身が包まれたみたいに感じて。これはご本尊の観音様に呼び寄せられたのだと感じました。

檀家は、たったの二十七軒しかありません。私は、檀家からも町からも一銭もいただかずに、お寺を立て直しました。天台寺で説法を行うと、全国から三千人、四千人の方が集まってくださいます。今では一万人も来ます。これはやはり、お寺を再興させるために、仏様が私をお遣いになったに違いない。仏縁だと思っています。

キーン　たとえば東日本大震災のような出来事を、仏教ではどうとらえるのでしょう。

瀬戸内　仏教には「無常」という言葉があります。「ああ、こんなことが起こると死ぬんだな」とか「人はみんな死ぬ」ということを、日本人は無常と言います。でも、私は自分流に違う解釈をしています。無常は「常ならず」ということで、常が無い、つまり同じ状態は続かないということ。もともと「生生流転《せいせいるてん》」、すべて刻々と移り変わっていくというのが仏教の根本思想です。

天災があると、「無常」をすぐ死に結びつけて考えがちですが、そうではなく、同じ状態は続かないと考えてもいいのではないでしょうか。平和な時代があっても、それが長く続くとは限らず、またこういう災害や事件が起きる。けれど、ずっと泣いてばかりかというと、そうではない。少しずつ元気を取り戻して立ち上がっていく。今はどん底かもしれないけれど、どん底がいつまでも続くわけではない。無常だから、必ず変わっていく。被災地でみなさんをお見舞いしたとき、そうお話ししました。

キーン　「無常」は、日本人の美意識とも深く結びついているように思います。たとえば桜はどうしてこれほど日本人に愛されているのか。もちろん美しいからですが、それだけではなく、束の間の美だからでしょう。日本人が愛しているのは、桜の儚《はかな》さとでもいえばいいのか——早く散ることを美の一つと見ているから。つまり、変わることの美ですね。

私が日本の古典文学を愛する理由の一つは、その普遍性にあります。たとえば吉田兼好が書いた『徒然草』は、一貫した哲学があるわけではありませんが、日本人の美意識について見事に書かれています。「かりそめのもの、うつろうもの」が美に欠くことのできない要素だと信じていた兼好は、「世はさだめのない無常なのがよいのである」と書いています。

瀬戸内　私は、法話を行うのは僧侶の義務だと思っているので、今も続けています。法話の場ではいろいろな質問を受けますが、必ず聞かれるのが、「死んだらどうなるんでしょう」とか「あの世はありますか？」と言ったこと。私も九十六年も生きていますから、かなりいろいろなことを経験してきましたけど、さすがに「死」だけはまだ経験したことがない。僧侶だから死後のことを知っているかと思われるかもしれませんが、じつはもともと仏教の教えに「死後の教え」はなかったんです。お釈迦様は死後の世界について、何もおっしゃっていない。死後の世界や霊魂についてしつこく聞くマールンクヤという弟子に対して、「そんなことは役に立たないから答えない」と、はっきり断っています。

大切なのは、今この世で悩み苦しんでいる人を救うことであり、死後の世界や霊魂といった、誰も知ることのできないことなど論じても無駄。だから答えないというのが、お釈迦様の真意ではないでしょうか。

『一夜賢者の偈《げ》』というお経に、「過去を追ってはならぬ。未来を願ってはならぬ。過去はすでに捨てられ、未来はまだ来ていない」と書かれています。私、これはとってもいい教えだなと思っています。すでに過ぎ去ったことを思い悩んだところで、変えることはできないし、未来を思い描いたところで、その通りになるとは限りませんから。過去や未来という幻に心を奪われることなく、今という尊い瞬間を懸命に生きることで、悔いのない人生を生ききることができるのではないでしょうか。そういう意味ではキーン先生も、いつも「今」を懸命に生きていらっしゃいますよね。ところで、キーン先生は日本人になられましたが、ご自身の宗教観みたいなものは、日本人になったことで変わりましたか？

キーン　その点では私は悪い人間で（笑）、仏も神も信じない無神論者です。もし信じられたら、どんなにいいだろうと思います。

言いたいことは、はっきり言う

瀬戸内　震災後、福井の原発の再稼働に反対して、霞が関の経済産業省前で、反原発のハンガーストライキに参加しました。九十歳のばあさんがテントに座ったら、マスコミは放っておかないでしょう。すると若者が報道を見る。若い人たちに、もっと原発の恐ろしさを知ってほしいと思ったんです。主治医の先生に言ったら反対されるに決まっているので、内緒で行きました。（笑）

私、こう言ったんですよ。「今回の原発事故でも、マスメディアはどうして本当のことを報道できないのか。まさに大本営発表を垂れ流した戦時下と同じではないか。命をかけて福島を報じなさい。日本人は我慢することを美徳だと思っているが、言いたいことをもっと言うべきです。闘わなければいけません。私は、余生を反原発にかけています。子どもや孫の世代のことを考えると、こんなに酷い日本を残しては死ねません。今ほど酷い日本はないと思います」って。

キーン　寂聴さんが勇ましく演説に出ていらしたときは、心配するより先に敬服してしまいました。

瀬戸内　一日くらい断食しても、私は死なないから大丈夫（笑）。原発は、人の命を脅かします。人を殺すのです。仏教の一番の教えは「殺すな」ですから。

キーン　自分の性格からすると、私は自ら前に出るのは好きではありません。また、決して政治的な人間でもありません。しかし、日本の国籍を取得してからは、私は日本人としてきちんと意見を言わなくてはいけないと考えるようになったのです。ですから、私も反対運動に名を連ねました。

瀬戸内　私は、最近の若者はおとなしくて従順すぎる点が心配だと思っていました。でも、二〇一五年の新安全保障法制のときなど、反対する学生たちが国会前でずいぶんがんばりましたね。そこに、未来への希望を見出します。今の若い人たちは、「青春」みたいな言葉を、恥ずかしがるでしょう。だから私はあえて、学生たちを前にアジテーションするんですよ。「青春は恋と革命だーッ！」って。すると、「うわーっ」と盛り上がります。いつの時代も、青春は恋と革命なんですよ。国会前でデモをしていた若者たちは、「やってます！」と言っていました。

キーン 私は今も、精神は青春です。ただし恋と革命には、縁がありませんが。（笑）

瀬戸内 ところで二〇二〇年には、東京でオリンピック・パラリンピックが開かれます。私は反対ですが、日本人であるキーン先生はどう思ってらっしゃるの？

キーン 私も反対です。はっきりいって、ひじょうに不愉快に感じています。なぜなら、まだ東北の被災者の方たちの生活は元通りではないし、復興も途中だからです。

瀬戸内 七年たちますが、まだ解決されていないことがたくさんありますものね。

キーン まるで終わってしまったことのようにするのは、間違いだと思います。オリンピックのためには、莫大なお金を使うことになるでしょう。なぜ東京なんでしょう。招致のプレゼンテーションのときには、「震災復興五輪」と、聞こえのいいことを言っていました。本当に震災復興五輪なら、なぜ仙台でやらないのか。東北ではまだ仮設住宅で暮らしている人もいるのに……。

戦前へ戻ろうという動き

瀬戸内　キーン先生も私も、戦争に向かっていく時代を、身をもって経験しています。戦争が起こるなんて誰も思っていなかったのに、いったいなぜあんなことになってしまったのか。私は「戦前」の空気も、昨日のように覚えています。ですから、最近の日本が怖い。

二〇一五年の集団的自衛権の行使を容認する新安全保障法制の際も、いても立ってもいられませんでした。だからこそ、国会前のデモに車椅子で駆けつけましたし、「私は、残りわずかな命を新安保法反対に捧げます。でも、戦争を生き残った一人の人間だけだと闘えません。若い人たちこそ、歴史の過ちをもう一度振り返ってみてほしい。そして、立ち上がってほしい」という声明を発表したのです。

あの頃、体調は最悪でしたが、自分でも不思議なほど内側から力が湧きました。国会前で、「ここには、誰かに頼まれてきたのではありません。私自身の意志で来ました。

ですから、ここで私の身体がどうなろうと、自己責任です」だなんて、力強く演説までしてしまいましたもの。その場面がテレビで流れたので、みなさん、私のことをよっぽど元気だと勘違いなさったみたいです。

結局、法制は強行採決されました。その頃から、どんどん世の中の流れがおかしなほうにいっています。特定秘密保護法も可決されてしまいましたので、いずれ、戦争前の頃と同じように、思ったことがしゃべれない、書けない、そういう時代が来ますよ。本当に怖い。なんだか、日本は滅びに向かっているような気がします。

キーン 数年前、代議士の会で講演をしたことがありますが、そのときに本当に驚きました。ある方が、「これからの日本はもっとよくしなければなりません。言葉も旧仮名遣いに戻し、憲法も改正すべきです」と。私は、冗談かと思いました。

瀬戸内 本気なんですよ。

キーン 要するに、戦前に戻る、と言っているわけです。戦前の日本は、ある意味では、大変すばらしい国でした。美しい建物もたくさんありましたし、景色は今よりはるかにきれいだったと思います。しかし、貧富の差もあり、貧しい人が大勢いた。日清・日露から始まり、戦争も何度かありました。
日本人はときどき忘れてしまうようですが、太平洋戦争が終わってから、戦死した日本人は一人もいません。しかしその間、アメリカ人は戦争で大勢命を落としています。アメリカだけではなく、世界中のあちこちで、多くの人が戦争で死にました。それなのに、日本人は一人も戦死していない。そのことを、決して忘れてはいけないと思います。

瀬戸内　おっしゃる通り、一九四五年以降、一人も戦死者がいないというのはすごいことだと思います。こんな世の中だから、キーン先生のことをいつも思ってしまいます。先生は東日本大震災後、日本に永住する決心をなさり、二〇一二年に日本国籍を取得なさいました。せっかく日本人になってくださったのに、もうこんな日本は嫌だと日本を逃げ出してしまうのではないかと、それが心配だったんです。

キーン　いえいえ、私は日本に家族もできましたし、この国に骨を埋める気でいます。私は帰化しましたから、「日本人」です。選挙権もあります。選挙のとき、マニフェストがあっても、みなさん、細かい字は読まない、聞かないことが多いですね。「これからもっと景気がよくなる」といったことだけ読んで、喜んでいる。しかし細かい字で

「憲法を改正する」とか書いてある。そこまで、きちんと読んで考えなくてはいけないと思います。

瀬戸内　私は、何があっても戦争に反対です。仏教の教えの中で、とても大切なのは、「殺すなかれ」ということです。戦争は、殺すから悪いのです。戦争に正義など、一切ないと私は考えています。

キーン　その点は、私も寂聴さんとまったく同じ考えです。

明治天皇の声を聞きたい

瀬戸内　もうすぐ天皇が退位され、平成が終わろうとしていますが、先生は『明治天皇』という本を出されましたね。

キーン　あるとき気づいたのですが、明治天皇には、伝記らしい伝記がないんですね。戦前にはありましたが、それは古い考え方のものです。もっと客観的に書いたらいいだろうと、長年思っていました。そういえば、友人であった作家の安部公房さんに「明治天皇のことを書く」と言ったら、「やめてくれ」と言われました。なぜなら、「きっと右翼に狙われるでしょう」と。しかし、そんなことはまったくありませんでした。私は、なるべく中立的な視点で書こうと思いました。そして、歴史家が書くものとは違い、明治天皇が詠んだ歌をなるべく入れました。要するに、彼の声が聞きたいと思っていたのです。

瀬戸内　日本人は、天皇について語ることはタブーだ、といった感覚があるんでしょうね。

キーン　明治時代の歴史を書く歴史家は、明治天皇について、ほんの一行くらいしか触れていません。まるで、人形使いに操られた傀儡のように書かれたものもあります。しかし私は、決してそうではないと思ったのです。

考えてみると、明治天皇以前に、日本の天皇が外国人に会うことはなかったわけです。彼は宮殿の中で女性から教育を受け、歩き方も女性のような感じで、声もほとんど聞こえないような小さな声だったそうです。初めて彼に会った外国人は、とても不思議な存在だと感じたようです。明治天皇は短期間の間に明治維新の中心人物となり、好きであろうと嫌いであろうと、外国人と握手をせざるをえなかった。ともかく、私にとってあの本を書くことは冒険でした。調べていくうちに初めて知ることばかりで、興奮しました。

瀬戸内　日本人がしなければいけないのにしなかったことを、ぜんぶキーン先生がなさったのね。恥ずかしいような、でも、ありがたいことでもあります。明治天皇の男女関係についても書かれていますね。そして、キーン先生の本を読むと、昭憲皇太后は、本当に立派な人。

キーン　はい、とても立派な方でした。

瀬戸内　とてもお美しいですし。写真でしか見たことがありませんが、とても気品がある。

キーン　明治天皇が憂鬱な気分になったとき、彼女は天皇の代わりに表に出て、外国の偉い人も引見しています。明治天皇の一番の楽しみは、軍人の恰好をして演習に行くことでしたが、憂鬱なときは行きたくなくて、彼女が代わりに行っています。しかし私が一番驚くのは、日清戦争の最中に明治天皇が広島に行ったときに、男ばかりでは不便でしょうから皇后陛下をお呼びになったらどうでしょうと侍従が勧めても、明治天皇は、第一線の兵士にも妻はついていないと言って断った際の話です。ところが昭憲皇太后は、明治天皇に相談しないで、自分で行くと決めて、明治天皇のお気に入りの側室二人を連れていくのです。

瀬戸内　お子さんはおできにならなかったから、側室が必要だったのでしょう。とはいえ、すごい方ですね。

キーン　結婚してわりあい早いうちに、子どもができないことがわかったようです。天皇家には子どもがどうしても必要なので、側室は不可欠だったのでしょう。

瀬戸内　昭和天皇は、まわりから側室を持つよう勧められても、自らの意志ではっきり断ったそうですね。やはり時代とともに天皇家のあり方も変化していくのでしょう。

天皇皇后両陛下の平和への思い

キーン 私はマッカーサー陸軍元帥を敵だと思っています（笑）。威張っていたし、偏見も持っていた。でも彼は一つ、いいことをしました。終戦時に天皇の裁判を阻止したことです。もし裁判をしていたら、もっとひどいことになっていたはずです。

瀬戸内 近々、新しい天皇の時代になりますが、今の天皇皇后両陛下には、本当に「ゆっくりお休みください」とお伝えしたいですね。

キーン 天皇陛下は、なぜ退位したいのか、お気持ちをご自身の言葉で、ビデオメッセージで語られました。「次第に進む身体の衰えを考慮する時、これまでのように、全身全霊をもって象徴の務めを果たしていくことが、難しくなるのではないかと案じています」と、ご自身でおっしゃった。ひじょうに感銘を受けました。

瀬戸内 先生は、陛下がお若い頃にもお会いしたことがあるんでしたね。

キーン 一九五三年、皇太子時代です。十九歳の殿下は、初めての外遊で半年間世界を回り、エリザベス女王戴冠式に出席なさるために訪英された。その際、ケンブリッジ大学に寄られ、留学中だった私が案内役を務めたのです。ケンブリッジの図書館には、明治初期のものを中心に、日本の書物がたくさんありました。そういったものをお見せすると、若い殿下は、興味深そうに眺めていました。

二度目にお目にかかったのは、ご結婚されてからでした。軽井沢の千ヶ滝プリンスホテルの朝食に誘われたのですが、私はそのとき、仕入れたばかりの「日本のパン」の話をしました。桃山時代に日本に来た宣教師が、「世界でもっともおいしいパンは、江戸で焼かれたものだ」と記録に残しています、と。伝来してから二十年くらいしかたっていないのに、すぐに日本人は本場の人間を唸らせるパンを作りあげたのです。私のその話を聞いた殿下は、「それは、ヨーロッパにはない麦で焼いたから、おいしく感じられたのではないでしょうか」とおっしゃった。予想外でしたね。なぜそのような、鋭い視点のお答えをなさることができるのか、感服しました。

瀬戸内　両陛下は、阪神・淡路大震災や雲仙・普賢岳の噴火被災地、東日本大震災の被災地、熊本地震など、被災地にも必ずお出かけになります。

キーン 東北の被災地で、皇后陛下が膝をついて被災者とお話しになった。そこには、苦しんでいる人たちに対する心からの同情、慈しみの心があふれていました。そんな皇室をいただく日本は、やはり恵まれている国だと思います。

瀬戸内 先生は、美智子皇后にも何度もお会いになっているでしょう。あんなにすばらしい女性は、滅多にいないと思います。

キーン 私もそう思います。美しく、おしとやかで、とてもきれいな英語をお話しになります。

瀬戸内 美智子さまは見事な和歌もお詠みになる。数は少ないですが、相聞歌もすばらしい。私は「相聞歌をまとめてお出しになったら、国民はさらに皇后さまに親しみを感じ、喜びますよ」と申し上げたことがあります。皇后さまは、自分は聖心女子大時代、勉強ばかりしていて男の人なんて目に入らなかった。今の天皇陛下が初めてお気持ちを表してくださった男性です、とおっしゃっていました。お嫁に行くと言ったら、家族やまわりから苦労するからと止められたけれど、嫁いでからの苦労など念頭になかった。これほど気持ちをこめてくださる方のもとに行きたいと思って、反対を押し切って嫁いだ、と。「ですから、どんなに苦労しても、自分が選んだ道ですから」ともおっしゃいました。生涯にただ一人、天皇陛下のみを愛されたのです。なんと素敵なお話だろうかと思いました。

キーン　本当にすばらしい女性ですね。まさに、「貴婦人」と呼ぶのにふさわしい方だと思います。

百歳まで生きそう

瀬戸内　それにしても私たち、本当に長生きしましたね。私は若い頃、七十歳くらいまで生きたら充分だと思っていたんですよ。こんなに長く生きるとは、思ってもみませんでした。

キーン　私もです。子どもだった頃、父は酔っ払って帰ってきては自分の哲学を私に語ることがありました。その一つが、「人間は五十五歳までだ。あとはクズになる。それまでに死ぬべきだ」。

私はなるほどと思い、素直に聞いていました。当時の私は十二、三歳でしたから、五十五歳は遠い未来のこと。まだまだ時間があると思っていましたし、ともかく、自分が九十過ぎまで生きるなんて、若いときには想像もできませんでした。ちなみに、五十五歳を過ぎると何の役にも立たないと私に教えた父は、八十歳まで生きました(笑)。しかも晩年はわりあい充実した日々だったようです。

瀬戸内　このままだと私たち、なんだか百歳まで生きそう。どうします?

キーン　とりあえず、まだボケている気はしませんが。(笑)

瀬戸内　私たち、もうボケないみたいですよ。前にお医者さまにうかがった話ですけど、ボケる人はだいたい八十二歳ぐらいまでにそうなることが多くて、そこでボケなければ、百歳でも大丈夫らしいです。里見弴先生は九十四歳まで生きて、最後までしゃんとなさっていた。荒畑寒村さんは九十三歳でしたが、やっぱり、最後までボケていらっしゃらなかった。だから大丈夫、私たち。安心してください。

キーン　すばらしいことをうかがいました。(笑)

瀬戸内　もちろんこの歳ですから、死を考えないことはありません。ただね、死ぬときのことは怖くないの。そんなに苦しまないと思う。というのも、その昔、宇野千代さんが長生きしたいと努力なさっているのを見て、「なんでそんなに長生きしたいんですか?」とお訊ねしたら、長く生きると、秋に木の葉がはらりと自然に落ちるように、命が尽きる。痛くないし、苦しまない。「だから私は長生きしたいのよ」とおっしゃったのが頭にあるんです。若いと、まだ本当は死ぬ命ではないから、身体が逆らう。それで苦しいんだそうです。だから私も、生ききって、はらりと落ちる。それがいいなと思って。

キーン　私は無宗教ですが、宗教を信じる人をうらやましくも思っています。神の存在を信じられるなら、天国や地獄があることも信じ、救われるでしょう。あるいは仏教ならば、生まれ変わりとか、死後もいろいろ楽しみがある。私の場合は、死んだら終わりだと思っています。

瀬戸内　私は、もうずいぶん昔に尊厳死協会に入っています。登録カードをお医者様に渡しておけば、いざというときは、ちゃんと死なせてくれます。

キーン 私も、頭がはっきりしている間はずっと生きたいですが、何もわからない状態になったら、延命の必要はありません。

書いている最中に逝きたい

瀬戸内 歳をとってもボケないためには、五十歳くらいでそれまでの生活を変えたほうがいいらしいです。私は五十一歳で出家して、ガラリと生活が変わったでしょう。それも、楽をしないほうに。それは、理想的らしいですよ。画家の岡本太郎さんの、私へのたった一つの遺言は、「芸術家は岐路に立ったときに、楽なほうより厳しいほうを選びなさい」というものでした。

キーン 私も性格的に、享楽的な生活が不向きなようです。私は日本の文学、日本の演劇などを生涯にわたって勉強してきましたが、半生を日本で過ごした後、気がついたことがあります。それは……今や私は、まさしく日本人らしく、ワーカホリックになったということです（笑）。何かしていないと、気がすまない。働かないと、落ち着かないのです。よくアメリカ人の夢として、定年になったら、どこかの島のヤシの木陰でゆっくりして、おいしいお酒でも片手に……というのがありますが。私にはまったくそういう望みはありません。

瀬戸内　私には、まだまだやりたい仕事、書きたいものがあります。葛飾北斎は、江戸時代に九十歳になるまで画を描き続けました。作家の野上弥生子さんとは、彼女が九十歳のときに二度、対談したことがありましたが、とてもお元気で、亡くなる百歳近くでも、まだ書いていました。私も、そうありたいと思います。

たぶん、先生のほうが後に残るでしょう。私が死んだら、新聞記者が先生のところに飛んでいきますよ。「同い歳ですが、いかがですか？」なんて。

キーン　寂聴さんも、まだまだきっと、作品を書かれると思います。

瀬戸内　先生も私も、書くことが健康の源だと思います。ステーキを食べて、身体に活を入れて、とにかく机に向かう。私は、まだまだ書けます。命があれば、書けます。できることなら、小説を書いている最中にパタッとペンを落として、そのまま死にたい。

そしてもし死んで生まれ変わったら、また、小説家になりたいですね。それも、女の小説家に……。

第五章　人を許せる人──●瀬戸内寂聴

清少納言と紫式部

歳を重ねてから「人を許すこと」ができるようになった。

人間ですから、誰でも腹の立つことはあります。本当は相手を許すことができれば一番いい。七転八倒しても許す。そうすると、うんと楽になる。でも、これはなかなか難しいことでした。

さすがに私もこの年齢になれば、結局「自分も許されている」ということがわかってきます。けれど四十歳や五十歳では、頭では理解できても、心から納得するのは難しい。

私は、清少納言を主人公にした小説『月の輪草子』を書く際、改めて清少納言や紫式部が書いたものを読み直しました。そのとき気づいたのは、いつの時代も女性は自分を取り巻く状況に腹を立て、悩みを抱え、イライラしてきたということです。傍目《はため》にはいくら恵まれているように見える人でも、心の中が安らかかどうかはわからない。それは平安の昔も今も同じです。

たとえば、清少納言とライバルの紫式部を並べてみると、比べものにならないぐらい紫式部の才能が突出しています。ところがそんな紫式部が、日記の中で清少納言の悪口を書いている。わざわざ名前をあげて、「知ったかぶり」とか「出しゃばり」とか、「行く末とても惨めになる」なんていうことまで書いている。なぜ紫式部ほどの才女がそこまで書くか。それは嫉妬しているからです。

清少納言には、紫式部もかなわない、何か人間的な魅力があったのではないかと、私は思っています。文献から想像する限り、二人とも美人ではなかったようなのですが、清少納言はとても公達《きんだち》（男性貴族）にモテたらしい。どれだけ紫式部が優れていても、自分が決してかなわない部分を清少納言の中に見て、嫉妬したり、イライラしたりしていたのでしょう。

清少納言や紫式部のような平安時代の女房たちというのは、宮仕え、今でいうキャリアウーマン。家柄が良くて知性もあり、教養もある女性たちです。それでもやはり、女同士の嫉妬や足の引っ張り合い、男性問題など、現代と変わらないさまざまな人間関係に悩んでいました。

清少納言は一条天皇の中宮、定子に仕えていました。女房たちは誰もが主人の定子に好かれようと必死なのですが、後から来た清少納言が定子の心を捉え、信頼を勝ち取ってしまう。当然、周囲からやきもちをやかれます。

その定子も、兄弟が起こした事件をきっかけに、不如意な人生に陥ります。きっかけは、実の兄弟が法皇に弓を射かけた事件。それを聞いた定子は、「なんとバカなことをしたのか」と、髪を切って出家したと伝えられています。

ただ、『枕草子』では出家の儀式について触れられていないし、その後、定子はまた天皇に呼ばれて内裏に入り、二人目の子も産んでいる。ですから私は、これは本当の出家ではなくて、衝動的に髪を切ったのではないかと解釈しています。

じつは、私自身も出家前に、三回ぐらいヒステリーを起こして自分で髪を切っています。なぜそんなことをしたのか、細かい経緯は忘れてしまいましたが、男性関係だったことは間違いありません。たぶん、男がやったことに対して、腹を立てたのだろうと思います。

『月の輪草子』の中では、清少納言が、最初の夫の橘 則光《たちばなののりみつ》に対して「頼りない」とイライラしたり、だらしなく浮気することに激しい怒りをぶつける場面も書いています。結局二人は別れてしまうのですが、則光は人がよくて可愛げのある男だったようです。でも、おそらく清少納言が一番気に入らなかったのは、則光がほかの女にも手を出したことでしょう。プライドが高いから、許せなかったのだと思います。

幸せは外から来ない

歳をとれば身体は思うように動かなくなるし、頭の働きも若い頃のようにはいかなくなります。そんな自分を許せないときもあります。でも、幸せは外から与えられるのを待っていても、決して訪れない。自分で自分を楽しませたり、喜ばせたりしなくては、幸せは得られません。

私も以前は本当に足腰が丈夫で、速足でとっとと歩くので、若い男性の編集者がついてこられないほどでした。ところが八十八歳のときに腰椎を圧迫骨折し、医師から半年間安静にしているようにと言われたのです。普通は三ヵ月くらいで治るけれど、先生曰く、「なんといってもお歳ですから」。

「お歳」などと言われたことがなかったのでびっくりして、自分の歳のことを初めて考えるようになりました。初めは「お歳」と言われたことも許せませんでした。

それまで、しんどいと感じたことはなかったけれど、腰椎圧迫骨折をして以来、以前のようには歩けません。寂庵のある京都から東京に新幹線で行くのも、正直いうと疲れます。

とはいえ、いまだに食欲は衰えません。酒量も衰えない。おかげさまで好き嫌いなく、なんでも美味しく食べています。一番好きなものはお肉ですが、最近は医学的にも、高齢者は肉を食べるとよいと言われているそうです。

若い頃は、ものすごく偏食でした。肉も魚も野菜も嫌いで、食べられるものは、お米と豆くらいでした。ところが二十歳のとき、断食道場に入ったのを境に、ころっと偏食が直りました。二十日間断食をし、身体の回復のためにさらに二十日。四十日間道場にいた後、普通の生活に戻ったら、何を食べても美味しいのです。身体の細胞が、すべて入れ替わったような感覚でした。もしかしたらあのときに身体が生まれ変わったために、二十歳分、若くなったのかもしれません。

この歳になると、亡くなる際、断食をすると静かに楽に死ねるそうです。もしこの先、あんまり死なないようだったら、断食して最期を迎えようかとも思います。

それと、高齢になると睡眠が浅くなる、寝つきが悪くなると耳にしますが、私の場合、いつでもよく眠れます。その代わり締め切りが迫れば、今でも夜通し仕事をします。

だから、「いつも毎朝何時に起きて、お経を唱えて、何時に朝食を食べるのですか？」などと聞かれるのは、本当に嫌です。なぜなら、規則正しくなんてしていられないからです。

どんなにしんどくても、締め切りがあれば書きます。それに私は得度したので、法話をしたり、いろいろな人の悩みも聞かなくてはいけません。それが僧になった人間の義務だからです。義務というのは、あまり楽しいものではありません。

でも、自分のしなくてはいけないことを毎日一所懸命にするのが、元気の秘訣といえるのではないかと思うのです。

身体は心次第。健康でいるためには、心が何より大事です。気持ちが暗いと、病気を招いてしまう気がします。

常にすっきりした心でいるためには、今置かれている場を懸命に生きることでしょう。主婦でしたら、やはり主婦の仕事をおろそかにしないほうがいい。仕事をしている人も、「この仕事は嫌い」とか「上司が苦手」などと愚痴ばかりこぼしていると、健康も幸せも遠のいていきます。

ただ、家庭でも仕事でも、どうしても我慢ならず許せないのなら、飛び出して新たな場を自分で探すという方法があります。そのためには自分の頭で考えて、自分で責任をとらなくてはいけません。

孤独の本性

思えば、比較的心が健康だった私にも、九十代に入ってから、「心の危機」が訪れました。

九十二歳のときに再び腰椎圧迫骨折を経験し、胆のうがんの手術もしました。なんとか乗り越えたものの、今度は九十四歳で、心臓を患ったのです。

異変が起きたのは二月の寒い日。京都・寂庵で月例の法話を行い、いつものようにお堂に集まってくださったみなさんの前で立ったままお話をして、一時間くらいたちました。

そろそろ話を終えようとすると突然舌がもつれ、呂律が回らなくなったのです。聴いているみなさんには気づかれなかったと思いますが、明らかにどこか変でした。そのうちに右の足の爪先が猛烈に痛くなり、足元を見たら、痛くないほうの足はなんといつもの二倍の太さに膨れあがっている。さすがにこれは危ないと思い、すぐに病院へ行きました。

検査を受けると、両足とも主な血管三本のうち二本が詰まっていました。でもそれだけではありません。先生は「心臓はもっと心配です。血管二本がダメになっていて、残り一本もとても細くなり血が通りにくくなっています。すぐに手術をする必要がある」と、私の心臓がいかにくたびれているかを説明されました。

九十年以上も身体を使い続ければ、血管は詰まるし、内臓も疲れてくるのは仕方がないと自分を許しました。

心臓の手術なんて恐ろしいと思い、

「私はもう十分生きて、いつ死んでもいいので手術はしません」

と言いました。すると、

「そうは言っても、このままにしておくと死ぬときとても痛いですよ」

と言います。痛いのは大嫌いなので、

「じゃ、手術します」

と即答しました。

三月に入ってから、まず足の血管を広げる手術を、そしてその後、心臓の手術を受けました。心臓のほうは二時間くらいかかったそうですが、麻酔が効いていたため、あっという間に終わった気がしました。

入院中はベッドで寝ていることしかできず、「もう嫌だ」「早く死んだほうがマシ」などと、悲観的な考えが次々浮かんでくる。「あ、この気分の晴れない感じ、これがうつの入り口だな」と気がつきました。

さて、どうやってこの窮地を乗り切るか。自分を楽しませるためにはどうしたらいいだろう？　私は何をしている時が一番幸せなのだろう？

私にとって、書くことこそが幸せです。でも、入院中の身では、それもままなりません。だったら、新しい本を出版したいと思いました。新しい本が世に出ることは、書くことと同じくらいワクワクすることだからです。

閃いたのが、句集の自費出版でした。私が俳句に出会ったのは半世紀以上も前で、一時期は句会にも熱心に通っていました。でも、仕事が忙しくて続けられず、当然、上達もしません。手元には、その頃の自句がなんとか句集一冊分くらいありました。ほかに書いたものは、小説であれ、エッセイであれ、全部活字になってしまったけれど、俳句だけは例外だったのです。

句集をつくろうと思っただけで胸が熱くなり、うきうきしてきました。売れるか売れないかなんて、問題ではなかった。私が死んだ後に、親しい人にだけ見てもらえればいい。

早速、古いノートに書き留めてある句を全部集めて、私の厚い伝記を書いてくれた齋藤愼爾さんに託しました。もうそれからは楽しくて仕方がない。気がついたら、うつなんかどこかへ行ってしまいました。句集の題は、『ひとり』。一遍上人の言葉からいただきました。人間の孤独の本性を言い当てているこの言葉を、私自身、文学を通して追いもとめてきたと思います。

逆転の発想

振り返ってみると、私は闘病中、病気になってしまったことは仕方がないことだと、どこかで思い至ったような気がします。それで、仕方がないから闘うのをやめよう、ありのままの自分を受け入れ、ときには前向きでいられなくなる自分を許そうと決めました。

歳をとったらマインドチェンジが必要です。逆転の発想。考え方を変え、ものの見方をちょっとずらすこと。なぜなら、考え方を変えないと、自分がしんどい思いをするからです。

足と心臓の手術の後、寂庵に戻ってからも外を歩くという気持ちになかなかなれず、静かに過ごすことが多くなりました。五月には岩手県の天台寺で恒例の法話が予定されていたけれど、行くのは難しいと思っていました。しかし、「三十周年記念だから、どうしても来てほしい」と、強く求められたので、「これが最後になるかもしれない」と思い直し、相当無理をして出かけました。

到着したら、なんと五千人以上の人が集まっています。秘書には「座って話してください」と厳しく言われましたが、せっかく来てくださった人に申し訳なくて、腰かけてなんていられませんでした。

以前は、大勢の人の前に立つたびにエネルギーを吸い取られるように感じることもありましたが、その日の私は違いました。五千人が、私の小さな身体に向けてエネルギーを注ぎ込んでくれているようなイメージが湧いて、しゃきっと元気になり、立ったままで五十分間、話し続けることができたのです。

要は、考え方ひとつなのです。「みんなに吸い取られている」と考えたら、実際にそうなってしまいます。ところが「みなさんからいただいている」と考えたら、不思議なことに、自分の身体に徐々にエネルギーが満ちてくる。

私が考え方を変えたのは、今思えば、九十二歳で胆のうがんの手術を受けたのがきっかけだったように思います。

病後、最初の法話の際、復帰を喜んで涙してくれているみなさんを前にして、「みなさんのためにと思って法話を続けてきたけれど、御利益をいただいているのは私のほうだ」と感じました。すると疲れを忘れ、いくらでも話ができた。あの体験で、行き詰まったときこそ、考え方を変えるべきだと実感したのです。

それにしても、もっと早くこう考えることができていたらよかったと思います。九十年以上生きてようやく、気づいたのですから。こういう気づきは、年齢を重ねれば重ねるほど増えていくのかもしれません。

元気でいるためには心が大事だと言いましたが、「今、私の心は滞っている」と気づくことができれば、人は自分を変えることができます。

自分を変えるのは、言ってみれば、一つの革命です。別れや離婚なども、革命と言えるでしょう。革命には大きなエネルギーを必要としますが、自分の頭でしっかり考えて決断をしたら、きっと何かしら道が開ける。そして革命は、何歳になっても起こせます。

人間の煩悩

心には欲望があり、それが煩悩を生むと、人はイライラし、腹が立つ。「あの男を手に入れたい」「あの服が買いたいけど、お金がない」「子どもが言うことを聞かない」。腹が立つのはすべて、自分の思い通りにならないから。つまり煩悩があるからです。でも煩悩があるからこそ、人間だとも言えます。

本当は心の中を空っぽにして、風が吹き通るようにするのが一番いい。でもそれはなかなかできることではありません。だから、なるべく怒らないこと。なんとかイライラとうまくつきあって、怒りをごまかして消していくしかないのです。

私も若い頃に『花芯』という小説で女性のセックスもふくめた話を書いたら、エロを売り物にしているなどと批判されました。腹を立てて猛烈に反論したら、さらに激しく返ってきて、その後五年間、仕事を干されてしまいました。

そのときに、怒りというのは、そのまま相手に叩きつけないほうがいいということを学びました。どうしても我慢ができなければ、人を攻撃するのではなく、部屋で分厚い辞書でも投げておけばいい。

寂庵にもたくさんの方が身の上相談にいらっしゃいます。みなさん申し合わせたように、夫や恋人、姑なんかの悪口を言う。でも人に聞いてもらえるとだいぶ気持ちが収まるから、誰かに話すのはいいことです。話してガス抜きをすることで、相手に怒りやイライラをぶつけないですむからです。

大切なのは、笑顔でいること。仏教では〝和顔施《わがんせ》〟という言葉があります。相手に笑顔を施すというのが一つの徳になる。いつもニコニコしていることは、仏教の教えでもあるのです。

笑顔はその人にとって一番いい顔です。笑顔を向けられて怒る人はいません。逆に怒ったりイライラしたり人を恨んでいると、イヤな顔になります。幸せというのは笑顔に集まってくるもの。お通夜帰りのような顔をしているところには、幸せは決してやってきません。

これは美輪明宏さんに教えていただいたのですが、家のあちこちに鏡を置いておくといいそうです。鏡が目に入ると、自分がイヤな顔をしていたらわかるから、「あ、いけない」と思ってニッコリ笑う。すると心がすっきりする。なるほど、と思いました。

四十、五十代の危機

私はいろいろな方から身の上相談をされますが、一番多い年代は、四十代後半から五十ちょっと過ぎ、ちょうど更年期の世代です。

この時期、女性はなんとなく憂鬱になったり、ふいに悲しくなったりする。イライラする人もいるし、こんなことでいいのかと悩んだり、夫婦や子どもの問題、親の介護など、さまざまなことで不安になります。しかも一のことを、七にも八にも感じてしまう。普段だったら笑って見過ごせるようなことを、ひどく気に病んでしまうのです。そして心の不調が、身体の不調を呼んでしまいます。

心の不調が更年期のせいだと気づかない人もいるようです。でも、おかしいと思ったら、すぐお医者さんに相談したほうがいい。ホルモン補充療法などで、パッと解決するケースもありますから。

更年期をうまく乗りきれなかったのか、作家の有吉佐和子さんは睡眠薬が手放せなくなり、五十三歳の若さで亡くなりました。ですから更年期は怖がる必要もないけれど、危険な時期でもある。うまく乗りきることが大事です。

私の場合、四十代後半はいわゆる流行作家として多忙を極めていました。でも、注文を受けて書いていると、同じことの繰り返しのような気がして、虚しい気分になっていたのです。お金が入ってきても、そうそう使い道もない。着物もさんざん買ったけれど、それもどうでもよくなってしまいました。

一時期はノイローゼみたいになって、マンションの上階から飛び降りることをよく想像していました。フロイトの直弟子という精神科医のところへ通い、ノイローゼは落ち着いたけれど、根本的な問題は解決していなかった。

もっといいものを書きたい。そのためには、根っこから自分を変えるしかない。迷った末、五十一歳で得度という道を選びました。その後は、穏やかな心と生活を手に入れることができたのです。

後になって考えると、悩んでいた時期はちょうど更年期と重なっていました。ただ渦中にいる間は、そのことに気づかなかった。でもあのときにさんざん悩んだからこそ、自分自身を見直し、後半生をどう生きるべきか見きわめられたのです。

出家し比叡山で厳しい行をした後、ようやく寂庵に落ち着いた五十三歳の冬、クモ膜下出血になりました。お経をあげている最中、頭の後ろをドンと硬い棒で叩かれたように思ったのです。三人の医者に見てもらいましたが、すれすれで手術しなくていいと判断され、人に知られぬよう療養し、見事治りました。

そのときも死ぬことはないと思っていた。書きたい一心で、気力で治したような気がします。

それからの数十年が、作家としても一番充実していた時期のように思います。更年期は心や身体の調子を崩しやすい時期ですが、自分を変える大きなチャンスでもあるのです。

そして私は九十代半ばになった今も、忙しく仕事をしています。結局、好きなことを全力でするのが、私の元気の源ではないかと思うのです。

目下の心配事は、いったいいつまで生きるのか、ということでしょうか。それから、ボケけたら嫌だな、ということ。

うちには、私より六十六歳下の若い秘書がいます。いつも私のことを老人扱いしてからかうから、ボケてる場合じゃない。言われたら、言い返したいから、頭を働かします。若い秘書の存在がいい刺激になっているのかもしれません。

ときには若い秘書と、バカバカしいことで大人げない口げんかをすることも。そんな自分を自然に許せる自分がいます。

第六章

運命の糸に導かれて

――ドナルド・キーン

人生で最悪の年に起きた最高の出会い

二〇一七年、九十五歳になった私に、思わぬプレゼントがあった。いずれも、書名は『ドナルド・キーン』という大型本が二冊、別々の出版社から相次いで出版された。ともに表紙には私の顔写真が掲載され、ページをめくれば私の足跡が詳録されている。同じ年にこうした本が二冊も出ることは珍しいそうだ。面はゆいが、小さな幸せを感じている。

最近は、小学生や中学生から「キーン先生、握手してください」と声を掛けられることが増えてきた。もちろん、うれしいのだが、なぜ急に……と怪訝《けげん》に思っていた。考えてみると、どうも東日本大震災後に日本人になった私のことが、教科書に載ったことと関係があるようだ。

最晩年を迎え、日本文学の研究を続けてきてよかったとつくづく思う。だが、振り返ってみれば、私が研究したのではなく、日本文学が私を導いてくれたように感じるのだ。子どもの頃（そして随分後まで）、私の身のまわりには日本を思わせるようなものはほとんどなかった。「着物」という言葉（これをどう発音したかはともかく）は、おそらく私が知っている唯一の日本語だった。しかし切手を収集していたおかげで、日本と中国の文字が似ていること、あるいは同じであることに気づいていた。日本語および日本文化について知っていることと言えば、その程度だった。日本の映画を観たことはなかったし、日本の音楽を聴いたこともなかった。誰かが日本語で話しているのを、耳にしたこともなかった。

日本人に初めて会ったのは中学に入ってからで、それは同じクラスにいた女の子だった。日本人の男の子が一般にアメリカについて知っていることに比べれば、私は日本について何も知らないに等しかった。

まだ日本語を習う以前の十六歳の頃（飛び級をしてコロンビア大学に入ったので、私は十六歳で大学生になった）、大学の同級生に中国人の友達ができて、彼に中国語を教えてくれないかと頼んだのがすべての始まりである。

一緒に海岸に遊びに行ったとき、私は彼に漢字を何か教えてくれないかと頼んだ。彼はまず砂の上に横に一本の線を引っ張り、「これが一だ」と言った。二と三は、似たようなもので覚えやすかった。四になると、書くのが少し複雑になった。しかし複雑になればなるほど、漢字を学ぶのが面白くなった。私たちは毎日のように、大学近くにあった中国料理店で昼食を一緒に食べ、その後で中国語の勉強を三十分ほどした。

一九三九年、ヨーロッパで戦争が勃発した。最初はフランスとドイツの間で小競り合いがあった程度だったが、翌年、ドイツ陸軍が突如進撃を開始した。その年は、私の生涯でもっとも陰鬱な年となった。

戦争を何より恐れ、憎んでいた私は、恐ろしくて新聞すら読めなかった。これまで以上に漢字を覚えることに専念しようとしたが、目的を欠いた勉強が非現実的な気晴らしにすぎないことはわかっていた。しかし一九四〇年秋、私にまったく予期せぬことが起こった。私の中で戦争に対する憎しみと、ナチに対する憎しみが衝突していた最悪の時期に、いわば救いの手が差し伸べられたのだ。

当時、ニューヨークの中心にあるタイムズ・スクエアに、売れ残ったゾッキ本を専門に扱う古本屋があった。そのあたりを通りかかったときに、いつも私は立ち寄ったものだった。ある日、『The Tale of Genji（源氏物語）』という題の本が山積みされているのを見た。こういう作品があることを私はまったく知らなくて、好奇心から一冊を手に取って読み始めた。挿絵から、この作品が日本に関するものであるに違いないと思った。本は二巻セットで、四十九セントだった。買い得のような気がして、それを買った。

やがて私は、『源氏物語』に心を奪われてしまった。アーサー・ウエーリの翻訳は夢のように魅惑的で、どこか遠くの美しい世界を鮮やかに描き出していた。私は読むのをやめることができなくて、ときには後戻りして細部を繰り返し堪能した。私は、『源氏物語』の世界と自分のいる世界を比べていた。物語の中では対立が暴力に及ぶことはなかったし、そこには戦争がなかった。源氏は多くの情事を重ねるが、それはなにも（ドン・ファンのように）自分が征服した女たちのリストに新たに名前を書き加えることに興味があるからではなかった。源氏は深い悲しみというものを知っていて、それは彼が政権を握ることに失敗したからではなく、彼が人間であってこの世に生きることは避けようもなく悲しいことだからだった。私は自分を取り巻く世界の嫌なものすべてから逃れるために、『源氏物語』を読み続けた。

「サイタ　サイタ」から始まった日本語の勉強

一九四一年春のある日、大学の東洋図書館で勉強していると、知らない男が近づいてきてこう言った。「あなたが毎日、中国料理店で食事をしている姿を見かけました。今晩、そこで夕食をご一緒しませんか？」。

ジャック・ケーアと名乗ったその人は、数年日本に住んだことがあり、台湾で英語を教えたことがあった。ある程度の日本語は話せたが、日本語の読み方は習ったことがなかった。彼が台湾で教えていた学生の一人が日系アメリカ人で、最近帰国していた。そこでケーアは夏休みの間、彼から日本語を学ぼうと思い、ともに学ぶ仲間を探していたのだ。生徒は三人。先生が私たちに日本語を教えるために使った教科書は、「サイタ　サイタ　サクラ　ガ　サイタ」で始まる『小學國語讀本』だった。新しい外国語をまた一つ勉強するのだと思うと、私は興奮した。私にとって日本語の複雑な書き方は、その魅力の一つだった。

夏休みが終わると、ケーアの勧めで、角田柳作《つのだりゅうさく》先生の「日本思想史」を受講することにした。日本研究は当時は人気がなかったが、受講する学生が私一人であることを知ったときはさすがにショックだった。たった一人の学生のために教えるのは、角田先生にとって時間の無駄だと私は考えた。そこで私が受講辞退を申し出ると、角田先生は「一人いれば充分です」と言った。

教室に入ると、いつも黒板は文字でびっしり埋まっていて、それは主に漢文の引用だった。私はそれを苦労してノートに写した。また先生はいつも、その日講義するつもりでいる時代の日本の思想家に関する書物を、山ほど抱えてきた。それはただ、もし私が質問して、先生が記憶の範囲で答えることができなかった場合に備えてのことだった。

一九四一年十二月七日、私はスタッテン島へハイキングに行った。帰りのフェリーがマンハッタン島の南端に戻ってきたとき、一人の男が新聞を売っていた。新聞には「日本が米国ハワイを攻撃、フィリピン空爆される」という見出しがついていた。

翌日、いつものように角田先生の教室に行ったが、先生は姿を見せなかった。すでに先生は、敵国人として強制収容されていたのだ。数週間後の裁判で先生は、犬も連れずに長い散歩をしていたのはスパイの証拠だとして告発された。からっぽの教室を見て、私は自分の学生生活がやがて終わろうとしているのだということを実感した。

海軍の日本語学校に進み語学将校となる

自分が銃剣を持って突撃したり、飛行機から爆弾を落としている姿は想像できなかった。しかし私は、もう一つ別の可能性があることを知った。海軍に日本語学校があり、そこで翻訳と通訳の候補生を養成しているというのだ。私は日本語を勉強するために海軍に入隊し、やがて語学将校として従軍することとなった。

海軍の日本語学校では、親友もできた。二〇一七年に九十七歳で亡くなった、コロンビア大学名誉教授のテッド・ドバリーだ。彼が戦後、最初に英訳した日本文学は井原西鶴の『好色五人女』。彼もまた、私と同じように日本文学のすばらしさを世界に紹介した一人だ。

四十五年八月十五日に終戦を迎え、テッドは東京に、私は中国の青島《チンタオ》に派遣された。「歴史の重要な岐路を目撃している」という共通認識があった私たちは、なんらかの形で見聞録を残そうと考えた。思いついたのが、お互いに手紙に書き、それをまとめることだった。共通の友人だった、後の同志社大学教授のオーティス・ケーリや駐ビルマ大使となったデビッド・オズボーンら七人を巻き込んで、手紙を送りあった。

ハワイの日本人捕虜収容所に勤務したことがあるテッドは、そこで知り合った捕虜の無事を知らせようと彼の家を訪ねた。そこで会った、実年齢より明らかに老け込んだ妻は、喜ぶより驚くばかり。その反応に、戦争に翻弄された一家の歴史を感じ、やるせなくなったそうだ。

テッドは手紙に、こう書いていた。「日本人が上からの命令に頼る性質を清算しなければ、ある一つの独裁政権から別の独裁政権に移行する可能性がある」と。今読み直しても、ひじょうに含蓄のある忠告だ。

ともあれ日本は太平洋戦争でほぼ壊滅状態。終戦時には「復興には五十年はかかる」と言われた。日本語を使えても職はなく、大学に日本語を教えるポストなどなかった。退役後、約千人いた同窓生の語学将校は、ほんの一部を除いて日本語に興味を失った。私に会うと「日本語は忘れた」と、幾分誇らしげに話すほどだった。

いつになったら辞書なしで日本の古典が読めるか

戦後、コロンビア大学に復学した私は、角田柳作先生のもとで日本文学を学ぶようになった。相変わらず古典文学が好きだったが、いつになったら辞書を使わず、苦労もせずにこの文学を読めるようになるだろうかと悩み続けていた。そんなある日、東洋図書館で手当たり次第に本を取り、〝どうせ読めないだろう〟と自虐的な気分に染まりながら本を開けてみると、これが読めたのである。それは『平田篤胤全集』の一冊だった。こんなきっかけに励まされて、日本文学に対する情熱が再び燃え上がった。

しかし数年後、再び失望のときが訪れた。イギリスのケンブリッジ大学に留学中、私は日本文学の公開講座の講師に指名された。喜び勇んで二百人は入れる大講堂に向かったのだが、聴衆は十人ほど。しかも全員が友人、知人だった。誰も来ないのではと、心配して来てくれたのだ。留学中、初めて出版した近松門左衛門の『国性爺合戦《こくせんやかっせん》』の英訳本は不人気で、出版元から「今のペースでは印刷した千部の完売まで七十二年かかる」と言われ、落胆した。

すっかり心が折れた私は、日本文学より人気の文学に切り替えようかと思ってロシア語の勉強を半年ほど続けた。しかし、ロシア語の語彙はどうしても私の頭に入らなかった。私の中にある何かが、日本語の代わりになる外国語を拒んでいると感じ、結局はこれを諦めてしまった。

ちなみに十人しかいなかった私の連続講義は後に本になり、私に著者としての最初の成功をもたらした。この本の目的は外国人に日本文学のすばらしさを知らせることだったが、後に親友となった吉田健一の翻訳で、日本でも読まれるようになった。

念願叶ってついに京都大学に留学

ケンブリッジ大学から夏季休暇で一時ニューヨークに戻った私は、日本での研究奨学金をもらえそうないくつかの財団を訪ねた。私が本当に研究したかったのは松尾芭蕉だったが、奨学金を得るためには現代的意義を強調しなくてはいけないと思い、現代の日本文学を研究する計画案を作成し、運よく奨学金をもらえることになった。こうして一九五三年八月、私は念願叶って日本に来ることができ、すぐに京都へと向かった。

留学した当初、私は芭蕉の研究に没頭するつもりだったので、京都の美しさを楽しんでも、現代の日本にはそれほど関心を抱いていなかった。『奥の細道』をたどる旅には出たが、新聞や雑誌を読むこともなかった。

しかし幸運なことに、後に文部大臣となった永井道雄さんが隣に住むことになり、毎晩の食事を共にする仲となった。私は永井さんの影響をおおいに受けた結果、現代の日本のあらゆる現象に興味を持つようになり、なんらかの形で日本の社会に参加したいと思うようになった。

その機会を与えてくれたのは、永井さんの幼い頃からの友人で中央公論社の社長の嶋中鵬二さんだった。私が『中央公論』に原稿を発表できるようになったのはじつに幸運だった。そして嶋中さんからは当時の日本の主要な作家のほとんどを紹介していただき、親しい友人となった作家も数多くいたのである。こうして私は現代の日本文学にも目を向けるようになっていった。もちろん、芭蕉の研究も忘れなかったが、やがて留学を終えてアメリカに戻った私が毎年夏の休暇を日本で過ごすようになったのは、芭蕉の研究のためではなく、これらの友人のためであった。

日本とアメリカを行ったり来たり

一九六二年、菊池寛賞を受賞した。まだ三十九歳だったから、賞をいただくには早すぎた。受賞理由は「日本文学を翻訳し、海外へ紹介した功績」。もちろん光栄だったが、私は『源氏物語』を英訳したアーサー・ウエーリのことを考えずにはいられなかった。「私よりウエーリこそ受賞がふさわしい。私にではなく、彼に与えられないか。無理なら賞を共有できないか」と思ったのだ。

しかし、菊池寛賞は、私にとってはひじょうにありがたかった。受賞が決定したという朗報をニューヨークで受け取ったのは、母が死んだその日だった。授賞式に出席するために日本に向かった私は、飛行機の中でも呆然としていたが、日本の人々の温かい慰めを得て立ち直ることができた。

授賞式の後、アメリカ大使館に呼ばれた。当時大使だったライシャワーさんとは旧知の仲であり、大変尊敬する人物だった。菊池寛賞と関係のある池島信平さんと文藝春秋の方々以外に、私が日頃親しくしていた友人たちを大使館に招待した。そのとき撮られた写真には、私とともに嶋中さん、三島由紀夫さん、吉田健一さん、ライシャワー夫妻が並んでいるが、なんとすばらしい友人たちだっただろう（永井道雄さんは香港にいたため出席できなかった）。今、この写真を見ると、こういう友人たちへの感謝の気持ちでいっぱいだが、その人々もほとんどが他界したと思うと寂しく感じる。

一九七一年、私は東京に自宅マンションを購入した。このとき以来、一年の前半をニューヨークのコロンビア大学で教え、後半を日本で過ごすようになった。コロンビア大学を正式に退職する二〇一一年まで、こうして日米を往復する生活が続いた。

戦後、日本は奇跡的に復興し、日本文学も世界中で読まれるようになった。その恩恵を多少なりとも受けている私は、「よく日本の復興を見通しましたね」と言われたりもした。だが、そんな予想をしたことはない。ただ、『源氏物語』を読んで以来、すばらしい日本文学の作品や作家との出会いに恵まれた。それがまるで運命の糸のように、今の私に一筋につながっているように感じている。

未来を担う子どもたちへ

今の私は残された時間を考えて、研究活動を優先させている。そのため、講演依頼には、ほとんど応じられずにいる。そこで講演代わりに、というわけでもないが、未来を担う子どもたちへ、少しだけアドバイスをさせていただきたいと思う。

まずは読書。すぐれた日本文学を読もう。お薦めは、やはり古典である。日本の古典教育では、原文の読解と文法が重視される。入学試験でも同様の傾向がある。だが、それは間違いだ。味気もなく、面白くもない。文学は、まず読んで楽しむものだ。私は『源氏物語』の英訳を読んで、古典のすばらしさを知った。もし、最初に原文を強いられていたら、私は日本文学に関心を持たなかっただろう。

古典にはすぐれた現代語訳がある。それを読めばいい。古典が時代を超えて今に残るのには理由がある。愛憎といった心の繊細な動きは誰にでもある。義理や人情もそうだ。そんな普遍的な題材が読む人の心を打つ。最初は難しいかもしれない。だが、読み進めば、必ずよさがわかる。大人になるには、こうした教養こそが必要なのだ。

それと、一つでもいいから外国語を学ぼう。外国を知ることは、自分の国を知ることでもある。日本の常識は、外国では通用しないかもしれない。日本語にはあって外国語にはない言葉もある。その逆もある。それがわかれば、日本をより深く知ることになる。

そして、もう一つ、旅に出ることだ。多感な時期には特に貴重な体験となる。私が初めて大きな旅行をしたのは九歳のときだった。父に嘆願して欧州出張に連れて行ってもらった。初めての外国はフランスで、現地の子どもと話をしたくてもできず、とても残念な思いをした。これが原体験となり、私はフランス語の他、日本語や中国語など八、九ヵ国の外国語を学んだ。

パリの次に訪れたウィーンにも忘れられない思い出がある。博物館に血痕が残る軍服が展示されていた。一九一四年、セルビア人の民族主義者が暗殺したオーストリア＝ハンガリー帝国のフェルディナント皇太子の軍服だ。暗殺劇が第一次世界大戦につながったことを本では読んでいたが、血なまぐさいだけで無益な戦争を思い、言葉を失った。私の平和主義は決定的となり、その衝撃から何十年もウィーンに行けなくなったほどだ。

日本人である私が愛する平和憲法が揺らいでいるご時世だ。太平洋戦争末期に原爆が落とされた広島や長崎、激しい地上戦があった沖縄に行くのもいい。遠出しなくても身近なところに、戦争の跡は残っている。戦争の悲惨さは本で学ぶだけではなく、現場で肌で感じることが大切だ。それが生きた学習だと思う。

私が帰る場所

この本のために寂聴さんと楽しい時間を持ち、しばらくたってから、私は念願叶ってニューヨークに旅することになった。一番の目的は、最後の親友に会うことだった。ジェーン・ガンサー、百一歳。世界的ジャーナリストであるジョン・ガンサーの妻で、ジェーンはジョンと世界中を旅し、各国の首脳や国王とも会った。

ジェーンは今も毎日、新聞を熟読し、文学書を電子書籍で読んでいる。いまだに批判精神も旺盛だ。私は滞在中、ジェーンの家を五回も訪ね、心ゆくまで語り合った。ジェーンとは、この先もう会う機会がないかもしれない。別れ際、私たちは抱き合い、お互い何度も「I love you」と言葉をかわした。

今回の旅でぜひとも訪れたかったのは、メトロポリタン歌劇場だ。それまでメトロポリタン歌劇場は、どれほど私の人生を豊かにしてくれたか。私にとって、まさにかけがえのない場所だ。二日続けて行く予定で、観劇の日は劇場近くの友人宅に泊めてもらった。

最初の日は、以前、観劇前によく行ったフランス料理店に立ち寄った。店の主人は、懐かしそうに挨拶をしてくれ、いつものように観劇前の夕食を楽しんだ。演目はロッシーニの『セミラーミデ』。二日目はあいにく大雪に見舞われ、オペラを断念せざるをえなかったが、一晩、あの空間でオペラを観ることができたのだから、それで満足だ。

年齢的なことを考えると、これが最後のニューヨーク旅行になるかもしれない。教え子の家にも泊めてもらったし、会いたい人に会い、行きたいところにも行けたのだから、これでもう思い残すことはない。

飛行機が日本に着いたとたん、私は心底ほっとした。やっぱり日本がいい。私が帰るべき場所は、ここしかない――。

ラクレとは…la clef＝フランス語で「鍵」の意味です。
情報が氾濫するいま、時代を読み解き指針を示す
「知識の鍵」を提供します。

中公新書ラクレ
624

日本《にほん》の美徳《びとく》

2018年７月10日発行

著者……瀬《せ》戸《と》内《うち》寂《じゃく》聴《ちょう》　ドナルド・キーン

発行者……松田陽三
発行所……中央公論新社
〒100-8152 東京都千代田区大手町 1-7-1
電話……販売 03-5299-1730　編集 03-5299-1870
URL http://www.chuko.co.jp/

本文印刷……三晃印刷
カバー印刷……大熊整美堂
製本……小泉製本

Published by CHUOKORON-SHINSHA, INC.
Printed in Japan ISBN978-4-12-150624-5 C1295

中公新書ラクレ　好評既刊

L585
孤独のすすめ
――人生後半の生き方
五木寛之 著

「人生後半」を生きる知恵とは、パワフルな生活をめざすのではなく、減速して生きること。「前向きに」の呪縛を捨て、無理な加速をするのではなく、精神活動は高めながらもスピードを制御する。「人生のシフトダウン＝減速」こそが、本来の老後なのです。そして、老いとともに訪れる「孤独」を恐れず、自分だけの貴重な時間をたのしむ知恵を持てるならば、「人生後半」はより豊かに、成熟した日々となります。話題のベストセラー!!

L599
ハーバード日本史教室
佐藤智恵 著

世界最高の学び舎、ハーバード大学の教員や学生は日本史から何を学んでいるのか。『源氏物語』『忠臣蔵』から、城山三郎まで取り上げる一方、天皇のリーダーシップについて考えたり、和食の奥深さを学んだり……。授業には日本人も知らない日本の魅力が溢れていた。アマルティア・セン、アンドルー・ゴードン、エズラ・ヴォーゲル、ジョセフ・ナイほか。ハーバード大の教授10人のインタビューを通して、世界から見た日本の価値を再発見する一冊。

L613
英国公文書の世界史
――一次資料の宝石箱
小林恭子 著

中世から現代までの千年にわたる膨大な歴史資料を網羅する英国国立公文書館。ここには米国独立宣言のポスター、シェイクスピアの遺言書、欧州分割を決定づけたチャーチルの手書きメモから、夏目漱石の名前が残る下宿記録、ホームズへの手紙、タイタニック号の最後のSOS、ビートルズの来日報告書まで、幅広い分野の一次資料が保管されている。この宝石箱に潜む「財宝」たちは、圧巻の存在感で私たちを惹きつけ、歴史の世界へといざなう。